U0016091

Ryu & Yuma的日語生活實境秀 （附mp3）

跟著Ryuuu TV
學日文看日本 ▶

Ryu & Yuma 著

2:25 / 5:47

▶️ 🔊 ━━━●━━━━

「我是 Ryu ！」「我是 Yuma ！」

　　「哈囉！我是 Ryu ！」「我是 Yuma ！」不知不覺中，以這樣開頭介紹影片已經將近三年了。

　　在這三年中，我跟 Yuma 在大家的見證下，從男女朋友變成夫妻，拍攝風格也隨之而有不同的轉換，日子過得忙碌又充實。

　　更重要的是，每天都從 YouTube 頻道和 Facebook 獲得許多朋友的鼓勵和支持，聽到大家說：「真的從你們的頻道學到很多！」

　　「我是看了 Ryuuu TV 才想來留學的！」

　　「看了 Ryuuu TV，我鼓起勇氣開口，真的成功了！」

　　能對大家有幫助，我們真的覺得努力沒有白費，也期許自己每一天都要更精進努力！

　　這本書把我們這幾年來的教學化成文字和錄音，也增加了很多在影片裡無法詳細說明的內容，方便大家學習利用，更有許多之前沒分享過的 Ryu&Yuma 小秘密，希望大家都喜歡哦！

Ryu & Yuma

日本語版

　　「Hello ！大家好！Ryu です！Yuma です！」という、セリフを言い始めて、気づいたらもう三年になります。

　　この三年の間で、私たちは恋人から夫婦になって、チャンネルの成長と共に撮影スタイルや様々な環境が変化し、忙しくも充実した日々を送ってい

ます。

　そして何よりも、毎日 YouTube チャンネルや Facebook から皆さんの
コメントを見ることが、私たちのモチベーションに繋がります。「RyuuuTV
から本当にたくさんの事を学びました！」「Ryuuu TV を見たのがきっかけ
で日本に留学に来ました！」「Ryuuu TV を見て日本語を話す勇気が出まし
た！」などのコメントを見ると皆さんの役に立てたことを実感し、今まで
頑張ってきてよかった！これからももっと頑張ろう！と感じます。

　この本は、私たちがこの何年間で投稿してきた動画を文字と音声で収録
し、そして皆さんの勉強に役立ててもらうために、動画に出ていない内容も
加えました。更に今までシェアしていない Ryu & Yuma の秘密もたくさん
載せていますよ、皆さんに気に入ってもらえたらと思います。

Ryu & Yuma

作　者　簡　介

Ryu
Yuma 的老公
馬來西亞人，在日本留學、工作
興趣是：看電影、打籃球、玩電玩、夾娃娃

Yuma
Ryu 的老婆。
日本茨城縣人，曾經到台灣留學
興趣是：做菜、逛街、睡覺、喝酒、夾娃娃

CONTENTS

PART3 說說日本趣聞（教えて、日本）

PART 1

你好，我們是 Ryu & Yuma

2:25 / 5:47

相遇、告白

　　大家都很好奇 Ryu 跟 Yuma 是怎麼開始交往，Ryu 又是怎麼告白的。其實我們在大學念同一個科系，原本不認識彼此，後來 Ryu 創了一個名為「地球村」的社團，Yuma 來玩，Ryu 就對她一見鍾情了。

　　其實我們第一次見面就對彼此有好感，而且當時 Ryu 在日本已經待了好幾年，所以並沒有太大的文化差異和語言隔閡，Yuma 也沒有特別感覺到是在跟一個外國人交往，所以她說過一句令 Ryu 印象深刻的話：「Ryu が外国人だから好きになったんじゃなくて、好きになった人がたまたま外国人だっただけだよ。」（我喜歡 Ryu 不是因為他是外國人，而是正好喜歡的人是外國人）

　　Yuma 因為認識 Ryu 的關係，開始想學中文，加上當時中文老師非常喜歡台灣、常常介紹台灣的事物，便決定到台灣短期留學。後來她到台灣留學的第二天，也就是 2014 年的 2 月 10 日，Ryu 就鼓起勇氣跟她告白了，而且還是用 LINE ！（可見有多害羞）。當時的對話是這麼說的：

ゆま、俺たち...ちゃんと付き合おう。
（Yuma，我們正式交往吧。）

うん。
（好）

大学のサークルで初めて出会った時、運命の人だと感じたよ。
（在大學社團第一次見到 Yuma，我就有遇到真命天女的感覺。）

私も初めて会った時から好感をもってたよ。
（其實我也是，一開始就對你有好感。）

もう知り合ってから何年も経ってるけど、ゆまと一緒にいるととても楽しい。俺は外国人だけど、全然感覚の違いを感じない。
（認識這麼多年了，跟 Yuma 在一起覺得很開心，雖然我是外國人，一點都不會感受到文化差異。）

私もリュウを全然外国人だと思ってないよ。リュウと知り合ってから、中国語に興味をもって、台湾に中国語を勉強しに行ったよ。
（我也感覺不出來你是外國人。而且因為認識 Ryu 以後，開始對中文產生興趣，才想到台灣學習中文。）

ゆまが頑張って中国語を勉強している様子をみて、
ファンたちもとてもゆまを褒めてるよ。
（看到 Yuma 努力學習中文的樣子，粉絲也都很誇獎呢！）

 最近中国語がうまくなったねって言ってくれる人が増
えてるよね。
（最近越來越多人説，我的中文講得更好囉。）

 Ryu の學習小提醒

「付き合う」這個字還有其他意思，例如陪伴：
買い物に付き合ってください。（請陪我去買東西。）
如果弄錯造成誤會，可就糗大了哦。

 相關例句 告白之後，這樣說就對了〜 MP3 1-01-02

フェイスブックで友達になりましょう。
（互相加臉書好友吧。）

連絡先を交換しませんか？
（要不要交換聯絡方式？）

結婚を前提に付き合ってほしい。
（我想以結婚為前提交往。）

ずっと気^きになっていたんだ。

（我一直以來都很在乎你。）

お前^{まえ}の全^{すべ}てが好^すきだ。

（你的全部我都喜歡；我喜歡你的全部。）

世界中^{せかいじゅう}の誰^{だれ}よりも君^{きみ}のことが好^すきだ。

（我比起世界上的任何人都還要喜歡你。）

君^{きみ}の顔^{かお}だけじゃなく、内面^{ないめん}にも惚^ほれた。大好^{だいす}きだ。

（不單是你的外貌，你的內在也很吸引我，我超喜歡你的。）

やっと言^いえる。好^すきだ。

（終於能對你說，我喜歡你。）

君^{きみ}のそういうところが本当^{ほんとう}に好^すき。

（我最喜歡你這一點了。）

好^すき。もう友達^{ともだち}には戻^{もど}れない。

（喜歡你，我想我們已經變不回朋友了。）

離^{はな}れたくない。ずっと一緒^{いっしょ}にいたい。

（我不想和你分開，想一直在一起。）

 補充單字

日文漢字標示注音，外來語片假名則標示英文，方便大家加強記憶。

告白　　　　こくはく　　　　　告白

運命の人	うんめいのひと	真命天子 / 天女
彼	かれ	男朋友
彼女	かのじょ	女朋友
カップル	couple	情侶
デート	date	約會
キス	kiss	接吻
一目惚れ	ひとめぼれ	一見鍾情
ペアルック	pair look（和製英文）	情侶裝
ペアグッズ / お揃いアイテム	pair goods（和製英文）/ おそろい item	情侶成對的小物
リア充	real じゅう	現充（指現實生活充實如意的人，相當中文的人生勝利組）
口説き文句	くどきもんく	甜言蜜語
軟派（ナンパ）	pick up	搭訕（男生搭訕女生；女生搭訕男生稱「逆ナンパ」）
メアド	mail address	電子信箱

Yuma 愛の叮嚀

①告白時一開始要先說對方的名字，這個很重要哦！

②搞錯會翻臉！

❌ あなたでいいです。　　這樣的你，也行。

✅ あなたがいいです。　　我就是喜歡這樣的你。

延伸學習 參考影片印象更深刻

 · 當初跟 Yuma 告白的時候

https://www.youtube.com/watch?v=pZWYqkEwChE

· 情人節告白可以上的 8 句日文

https://www.youtube.com/watch?v=XHuqQRbNurw

 ·「付き合ってください！」日文會話常用短句 #5

https://www.youtube.com/watch?v=2N-upBvEmj8

· 搞錯會翻臉！外國人一直搞不懂的助詞「が」和「で」

https://www.youtube.com/watch?v=0zlrdlvDosE

甜甜蜜蜜、吵吵鬧鬧

Ryu 最喜歡 Yuma 的地方，就是她不管去到哪裡，都很容易交到朋友，可以聊得很融洽。

而 Yuma 最喜歡 Ryu 的地方，就是……「全部都喜歡」！喜歡他的樂觀正面、積極的態度，最重要的是，真的很疼愛 Yuma 哦！

我們 24 小時都在一起，卻很少吵架，主要是因為個性和價值觀合得來，沒有什麼機會吵架。硬要雞蛋裡挑骨頭的話，就是早上叫 Yuma 起床，總是要費九牛二虎之力，而 Ryu 會讓 Yuma 生氣的地方呢，就是常發出「噴噴」聲，讓人覺得很不禮貌！不管是為什麼吵架，每次都是 Ryu 先道歉，這也是愛妻好男人應該做的！

我們在任何方面都很合拍耶！

ゆま、起きろ！

（Yuma，起床囉。）

あと5分寝かせてよ。

（ZZZ……讓我再睡5分鐘。）

ゆま、もう何回も5分過ぎてるよ。

（Yuma，已經過了好幾個5分鐘囉。）

もうあと5分。

（……再睡5分鐘。）

N個5分鐘經過

ちっ、もういいよ。
俺はお腹すいたから、先にご飯作るよ。

（嘖嘖，好吧，我肚子餓了，先做早餐好了。）

私の母さんは、「舌打ちは品がない。」って言ってたよ！

（〔跳下床〕我媽媽說，不可以嘖嘖，那樣很沒規矩。）

ごめんなさい。許してください。

（對不起，請原諒我。）

今回は許してあげる。じゃあ私が朝ご飯作るね。

（這次就原諒你，那我來做早餐吧。）

●相關例句 晒恩愛這樣說就對了～  MP3 1-02-02

リュウの一番好きなところは、落ち込まないところ。

（我最喜歡 Ryu 的地方，就是他不會因失敗而氣餒這一點。）

何を食べるかじゃなくて、誰と行くか！

（吃什麼不重要，重要的是跟誰去！）

いい思い出がまた一つ増えました。

（我們又多了一個美好回憶。）

幸せで、胸がいっぱい。

（心中充滿幸福。）

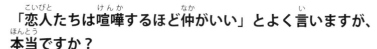
我們不管個性或價值
觀都很合得來！

私のサングラスはどこですか？

（我的墨鏡在哪裡？）

「恋人たちは喧嘩するほど仲がいい」とよく言いますが、
本当ですか？

（人家說「情侶越常吵架感情越好」，是真的嗎？）

ラブラブカップルは四六時中（しろくじちゅう）べったりしても飽（あ）きないんです。

（熱戀中的情侶，就算 24 小時都黏在一起也不厭倦。）

補充單字

日文漢字標示注音，外來語片假名則標示英文，方便大家加強記憶。

ファーストキス	first kiss	第一次 kiss
イチャイチャ		放閃、晒恩愛
眩しい	まぶしい	好閃
バカップル （バカ＋カップル）	love birds	笨蛋情侶 / 夫妻（諷刺不斷公然放閃的情侶）
前向き	まえむき	樂觀
禁句ワード	きんく word	禁句
喧嘩	けんか	吵架
仲直り	なかなおり	和好
めんどくさい （めんどくさっ / めんどくせぇ）		好麻煩喔！
バカバカしい		腦殘啊！/ 好白痴喔！
くだらない		沒意義

 延伸學習 參考影片印象更深刻

 【直播 Q&A】第一次的親嘴是在哪裏？我們吵架怎麼和好？

https://www.Youtube.com/watch?v=Zde2LIX-xcg

· 這就是我為什麼會愛上 Yuma 的原因

https://www.Youtube.com/watch?v=ArnIvMVHvhA

 東京迪士尼海洋約會記♪日文戀愛金句能不能打動 YUMA 呢？

https://www.Youtube.com/watch?v=HHqZ8HGeVFI

· 我的戀愛禁句。我曾經把 Yuma 弄哭的 3 句日文

https://www.Youtube.com/watch?v=56TpRLljQgY

就算是 24 小時黏踢踢也很少吵架 ♥

一起成為 YouTuber

　　大三那年，同學們紛紛穿起西裝展開就活（就職活動），Ryu 的想法是，在大學打工時就已經充分領略過工作領薪水的生活，覺得自己不適合聽別人的命令做事，於是決心闖出自己的一片天，也看了很多創業的書。直到看到 HIKAKIN 寫的一本書《我的職業是 YouTube》，讓沒拍過影片、沒用過編輯軟體的我，全身燃起熊熊鬥志，覺得這就是我的天職，因為我有天生的表演欲、夢想當音樂家和導演，而 YouTube 可以自導自演，有完全自由的時間，而且是一個全新的領域。

　　我因為這樣下定決心要當個 YouTuber，並運用自己在日本留學、生活的經驗，介紹日文學習和日本文化，一方面回饋日本，也希望能對日文學習者有所幫助。當時 Yuma 剛從台灣留學回來，我問她要不要一起加入，她說如果用中文拍攝，她也想加入，於是「Ryuuu TV」就這樣誕生了。Yuma 也在 2016 年 7 月辭掉原本的工作，跟我一起成為全職的 YouTuber。

能透過網路跟數十萬的觀眾交流，真的很不可思議！除了越來越多觀眾支持，在東京也遇到觀眾說：「我是看了 Ryuuu TV 才來日本留學的。」當下我都在心中吶喊著：「やった！やってよかった！」（太好了，我太慶幸自己選這條路了！）

1-03-01

 ゆま、俺はもう決めた！俺はサラリーマンの生活は向いてないから、YouTuber になりたい！

（Yuma，我已經決定，不要再過上班領薪水的生活了，那不適合我，我想要當一個 YouTuber！）

 リュウは YouTuber に向いてると思うよ。あなたの想像力と才能を発揮できると思う。

（我覺得當 YouTuber 很適合你，可以發揮你的創意和才華。）

 YouTuber になったら、自分で内容を決められるし、社会貢献したいという想いも実現できるしね。

（當 YouTuber 可以自己決定要拍什麼內容的影片，也可以實現我想要對社會有所貢獻的想法。）

 それはホントにいいね！

（那真是太棒了）

ゆま、あなたも仕事を辞めて、一緒に YouTuber に
なってくれませんか？

（Yuma，你願意辭掉工作，跟我一起當 YouTuber 嗎？）

 もし中国語で撮影するなら、私も一緒に参加するね。

（如果用中文拍攝，那我也要一起加入。）

  Yuma 愛の叮嚀

有人問：「你們哪來這麼多點子拍片呢？」

其實每支影片的留言區，總是有很多朋友為我們打氣、讚美

或提出問題，這也是我們靈感的來源哦！真的很謝謝大家！

● 相關例句 YouTuber 常講的□□～ 1-03-02

この動画がいいと思ったら、「Good ボタン」も押して
もらえるとうれしいです。

（如果你喜歡這個影片，幫我們按個讚，我們會很開心的。）

感想や質問もコメントで書いてください！

（如果有任何想法或問題，請留言。）

私達<ruby>私達<rt>わたしたち</rt></ruby>のチャンネルへのチャンネル登録<ruby>登録<rt>とうろく</rt></ruby>よろしく
お願<ruby>願<rt>ねが</rt></ruby>いします！

（請訂閱我們的頻道。）

ニュースによると、「子供<ruby>子供<rt>こども</rt></ruby>がなりたい職業<ruby>職業<rt>しょくぎょう</rt></ruby>」の1位<ruby>位<rt>いちい</rt></ruby>は
ユーチューバーです。

（新聞報導説，小孩最想做的工作，第一名就是當 YouTuber。）

 補充單字

日文漢字標示注音，外來語片假名則標示英文，方便大家加強記憶。

フェイスブック	facebook	臉書
チェックイン	check in	打卡
いいね！		讚
コメント	comment	留言
ユーチューバー	YouTuber	YouTuber
チャンネル	channel	頻道
生配信	なまはいしん	直播影片
写真 / 動画 をアップロード	しゃしん / どうが upload	上傳照片 / 影片
登録	とうろく	訂閱
動画の再生回数	どうがのさいせい かいすう	影片觀看次數

自撮りアプリ	じどり APP	自拍 APP
三脚	さんきゃく	腳架
企業コラボ	きぎょう collaboration	業配

 延伸學習 參考影片印象更深刻

 · 我為什麼要當 Youtuber ｜感謝 40 萬訂閱

https://www.youtube.com/watch?v=iWMf0brRr7I

從企畫、拍攝、編輯都自己來。

50 萬訂閱就結婚

　　我們在 2016 年 6 月達到 15 萬訂閱的時候，發表了新目標：如果達到 50 萬訂閱就結婚！很感謝大家的祝福與關注，我們在 2017 年 3 月就達到目標啦！另外，不少人還問到，那接下來的目標呢？100 萬就生小孩？然後呢？

　　其實訂閱數的增加，對我們來說責任感也更重了，我們會用更謹慎的心情來製作對大家有幫助的影片，未來也希望能在台灣、香港、馬來西亞等地舉辦類似祭典的活動，跟世界各地的觀眾朋友近距離交流！

突破 50 萬訂閱的瞬間

 ゆま、見_みて！５０万人突破_{ごじゅうまんにんとっぱ}したよ！
（Yuma，你看，突破 50 萬啦！）

 すごい！みんなありがとう！
（太棒了！好感謝大家。）

みんなに５０万人突破したら結婚すると発表していたけど、実はもともと結婚の計画を考えていました。

（雖然對大家宣告的目標是，突破 50 萬就結婚，其實我們原本就計畫結婚。）

みんな私たちが結婚するかしないかということに関心を持ってくれているとは思わなかったよ。

（沒想到大家很認真地在關心：可以結婚了嗎？ Ryu 要娶 Yuma 了嗎？）

台湾、香港、中国、マレーシアにいるたくさんの友達が私たちのチャンネルを見てると思うと、とても不思議で感動するね。

（一想到台灣、香港、大陸、馬來西亞有這麼多朋友在看我們的頻道，就覺得很不可思議，也很感動。）

そうですね〜これからもいい動画を公開できるように頑張りましょう！

（對呀，我們要更努力拍出好影片。）

前回、台湾でファンミーティングを開催した時に、たくさんの友達が私たちに会いに来ました。今度は香港やマレーシアでも開催したいです。

（上次在台灣辦的見面會，有好多朋友來跟我們見面，下次希望也能在香港、馬來西亞等地辦活動。）

うん。お祭りみたいな楽しいイベントをやり
ましょう！

（嗯，來辦個像祭典一樣歡樂的活動吧。）

 Yuma 愛の叮嚀

大家知道到現在為止，RyuuuTV 最多人瀏覽的影片是什麼嗎？除了求婚的影片外，竟然是「日本女高中生的制服秘密」！

●相關例句 關於 YouTuber 的二三事 MP3 1-04-02

夢は大きく！

（夢想就是要放大。）

RyuuuTV の「ユーフォーキャッチャー」の動画シリーズは大きな反響を呼んでいます。

（RyuuuTV 的「夾娃娃」影片系列受到熱烈迴響。）

安室奈美恵の YouTube 公式チャンネルの合計視聴回数が 2 億回を突破したそうです、さすが女王ですね。

（安室奈美恵的 YouTube 頻道觀看次數已超過 2 億，真不愧是女王。）

<ruby>２０１６<rt>にせんじゅうろく</rt></ruby><ruby>年<rt>ねん</rt></ruby>に<ruby>大<rt>だい</rt></ruby>ブレークしたピコ<ruby>太郎<rt>たろう</rt></ruby>が、<ruby>動画<rt>どうが</rt></ruby>《PPAP》で
YouTubeの<ruby>9<rt>く</rt></ruby><ruby>月<rt>がつ</rt></ruby><ruby>30<rt>さんじゅう</rt></ruby><ruby>日<rt>にち</rt></ruby>から<ruby>10<rt>じゅう</rt></ruby><ruby>月<rt>がつ</rt></ruby><ruby>6<rt>む</rt></ruby><ruby>日<rt>いか</rt></ruby><ruby>付<rt>づ</rt></ruby>けのランキングで<ruby>1<rt>いち</rt></ruby>
<ruby>位<rt>い</rt></ruby>を<ruby>獲得<rt>かくとく</rt></ruby>しました。これは<ruby>日本人初<rt>にほんじんはつ</rt></ruby>の<ruby>快挙<rt>かいきょ</rt></ruby>でした。

（去年爆紅的 PIKO 太郎，因為影片《PPAP》播放次數成為 YouTube
9/30 ～ 10/6 排行榜世界第一，也是第一位日本人獲得此殊榮。）

 補充單字

日文漢字標示注音，外來語片假名則標示英文，方便大家加強記憶。

チャンネル	channel	頻道
登録者数	とうろくしゃすう	訂閱人數
シェア数	share すう	分享次數
握手会	あくしゅかい	握手見面會

 延伸學習 參考影片印象更深刻

・新たな目標！如果我們訂閱人數超過就 ...

https://www.youtube.com/watch?v=kuyOUprNEpg

像祭典一樣，大家一起同樂、歡笑。

謝謝大家！我們從來
都不只是兩個人

求婚

　　我們雖然已經是老夫老妻，也早就有結婚的默契，甚至達到 50 萬人訂閱後，大家都在等待 Ryu 向 Yuma 求婚吧（有嗎？）。所以 Ryu 精心策畫了很久，想要給 Yuma 難忘的求婚，還串通 YouTube Space 的工作人員，在日本 YouTuber 聚集的派對上，向 Yuma 求婚啦！（灑花）

　　其實 Yuma 本來以為 Ryu 會在之後的台灣活動上求婚，沒想到這麼早！本來已經訂好機票、要跟朋友去福岡玩的，Ryu 只好緊急聯絡朋友，幫忙騙 Yuma 說臨時有事不能去，才順利去參加 YouTube Space 的活動。

　　在「50 萬訂閱達成」頒獎音樂響起時（這個獎項是假的），Ryu 假裝肚子痛去上廁所，讓 Yuma 不知如何是好，而且 Yuma 當時有點醉了，在 Ryu 拿著鮮花和戒指出現時，太驚訝以至於一直說不要不要，後來再看影片回憶時，真的覺得開心又幸福呢！

🌸 頒獎會場上 🎵 MP3 1-05-01

ゆま、お腹が痛い。トイレに行って来るね。
<small>なか いた　　　　　　　　い　く</small>
（Yuma，我肚子痛，要先去廁所。）

もうすぐ授賞式が始まるよ。大丈夫？
<small>じゅしょうしき　はじ　　　　だいじょうぶ</small>
（馬上要頒獎了耶，沒事吧？）

大丈夫。すぐに帰って来るよ。
<small>だいじょうぶ　　　　　かえ　く</small>
（沒事，我馬上就回來。）

🌸 Ryu 拿著花和戒指突然現身

いやだ！こんな場所でプロポーズされるなんて
知らなかった。
<small>ば しょ</small>
<small>し</small>
（討厭，我不知道你會在這個派對上突然求婚。）

ゆま，結婚して下さい。
<small>けっこん　　くだ</small>
（Yuma，我們結婚吧。）

うん。本当に幸せ。
<small>ほんとう　しあわ</small>
（好，我真的好幸福。）

ゆまを大事にする！
<small>だいじ</small>
（我會好好珍惜你的！）

Yuma 驚喜的一刻，讓我開心又幸福！

Yuma 愛の叮嚀

> 大家知道 Ryu 求婚時拿著 108 朵花，有什麼意義嗎？
> 108 是日文漢字「永久（とわ towa）」的諧音，所以它的
> 花語是「請嫁給我！」另外，99 朵花也是象徵「永遠在一
> 起」「我想跟你共度此生」的意思哦。

● 相關例句 求婚二三事要這樣說～ MP3 1-05-02

一
いっしょう
生
しあわ
幸せにします。
けっこん
結婚して
くだ
下さい。

（我會讓你一輩子幸福的，嫁給我吧！）

こんど
今度、ご
りょうしん
両親に
あいさつ
挨拶に
い
行ってもいいですか？

（我可以去拜訪你父母嗎？）

じぜん
事前に
ゆうじん
友人と
くちうら
口裏を
あ
合わせ、5
ねんかんつ
年間付き
あ
合った
かのじょ
彼女に
サプライズでプロポーズをしました。

（我事先跟朋友串通好，向交往 5 年的女友驚喜求婚。）

すてき
素敵な
ばしょ
場所でプロポーズされるのは
じょせい
女性の
あこが
憧れです。

（女生都很嚮往在很棒的場所被求婚。）

けっこん
結婚おめでとう。お
たが
互いの
えがお
笑顔をいつまでも
だいじ
大事にして
ください。

（恭喜你們結婚，要永遠珍惜彼此的笑容。）

 補充單字

日文漢字標示注音，外來語片假名則標示英文，方便大家加強記憶。

プロポーズ	propose	求婚
サプライズ	surprise	驚喜
口裏を合わせる	くちうらをあわせる	大家串通好
指輪	ゆびわ	戒指
バラの花束 ブーケ	バラのはなたば ブーケ（bouquet [法]）	捧花
婚約者	こんやくしゃ	未婚妻（夫）
結婚式	けっこんしき	結婚典禮
結婚式の招待状	けっこんしきの しょうたいじょう	喜帖
結婚前提の 付き合い	けっこんぜんていの つきあい	以結婚為目標 而交往

 延伸學習 參考影片印象更深刻

 · 終於…我跟 YUMA 求婚了

https://www.youtube.com/watch?v=gbfvUnDfPa0

提親

　　向 Yuma 求婚成功後，就要正式拜見雙方父母了。在 Yuma 爸爸的眼中，Yuma 兩姊妹是他的寶貝，如今要把其中一個掌上明珠交給 Ryu，怎麼捨得呢？一頓飯下來，我們都感動得哭了，當時爸爸說了什麼？……Ryu 又跟爸爸做了什麼約定呢？

1-06-01

 ゆまとは大学で知り合って、それから付き合ってもう3年が経ったね。
（我和 Yuma 是在大學認識的，後來開始交往，已過了三年。）

こんな素敵なゆまと出会ったのは、お父さんとお母さんがいてくれるからです。
（能遇見這麼棒的 Yuma，都是因為有伯父伯母的關係。）

先日、ゆまにプロポーズしました。だから今日は
ご挨拶に来ました。

（前不久我向 Yuma 求婚了，所以今天來向您提親。）

僕、これから、ゆまのこと一生幸せにします。

（今後我會讓 Yuma 一輩子幸福的。）

なので、どうか娘さんをください。

（所以請把女兒嫁給我吧。）

俺の宝物は二つある、ゆまとみゆ。

（我有兩個寶貝，就是 Yuma 和她姊姊 Miyu）

その一つをリュウに渡すわけだから、でもお父さんの
一生の宝物。

（雖然今天我把其中一個交給你，不過仍然是我一生的寶貝。）

だから一生の宝物にちゃんとして。

（所以你也要把她當作一生的寶貝。）

おやじ：我的寶貝就交給你了。

私もゆまさんのことを一生の宝物にします。

（我也會把 Yuma 當作一生的寶貝。）

俺の宝物を頼んだぞ。

（我的寶貝就交給你了。）

はい、暖かい家庭を作ります！

（是，我會建立一個溫暖的家庭。）

ありがとう。お父さん。

（謝謝爸爸。）

大事に育ててきた娘だから、幸せにして下さい。

（她是我的寶貝女兒，你一定要讓她幸福。）

 Yuma 愛の叮嚀

爸爸說，現在比較少有年輕人會好好向對方的父母報告決定結婚的事，不過為了給雙方爸媽留下一個好印象，還是要好好拜會哦！

 **相關例句** 關於提親二三事，這樣說～ MP3 1-06-02

<ruby>婚約<rt>こんやく</rt></ruby>が<ruby>決<rt>き</rt></ruby>まったら、ご<ruby>両親<rt>りょうしん</rt></ruby>への<ruby>挨拶<rt>あいさつ</rt></ruby>を<ruby>忘<rt>わす</rt></ruby>れてはいけません。

（訂下婚約後，絕不能忘記要拜會雙方父母。）

<ruby>娘<rt>むすめ</rt></ruby>さんを<ruby>下<rt>くだ</rt></ruby>さい！

（請把女兒嫁給我！）

<ruby>大事<rt>だいじ</rt></ruby>に<ruby>育<rt>そだ</rt></ruby>ててきた<ruby>娘<rt>むすめ</rt></ruby>だから、<ruby>幸<rt>しあわ</rt></ruby>せにして<ruby>下<rt>くだ</rt></ruby>さい。

（她是我的寶貝女兒，你一定要讓她幸福。）

補充單字

日文漢字標示注音，外來語片假名則標示英文，方便大家加強記憶。

前向き	まえむき	樂觀
挨拶	あいさつ	拜會
お土産	おみやげ	伴手禮
両家顔合わせ食事会	りょうけかおあわせしょくじかい	雙方父母見面聚餐
義父	ぎふ	公公
義母	ぎぼ	婆婆

 Ryu の學習小提醒

我們常在日劇或小說中看到主角對公婆或岳父母的稱呼寫成「義父（ぎふ）」「義母（ぎぼ）」，但通常還是會唸成「おとうさん」「おかあさん」，不過像 Yuma 爸爸就要我稱呼他「おやじ」，又更親密了。

 延伸學習 參考影片印象更深刻

· 被爸爸的話感動落淚。日本提親記〜

https://www.youtube.com/watch?v=yvhlDbV6C_Y

登記結婚

　　本來我們計畫在 2017 年 7 月 7 日結婚,是想取一個好記又幸運的數字,萬萬沒料到因為 Ryu 是外國人,還需要向馬來西亞申請單身證明書,所以在收齊所有的文件後,才在 8 月 10 日正式登記結婚!

Yuma 愛の叮嚀

日本女生婚後通常都會改姓先生的姓氏,但 Yuma 不會跟 Ryu 的姓,因為嫁給外國人,不用改姓。

我們登記結婚了,正式成為夫妻。

らおごんへ（給老公）

リュウと知り合ってから約4年間、
いろいろなことがあったけど、

（和你交往已經 4 年了，也發生過很多事情，）

リュウがいなかったらゆまは今ここにいないし、

（沒有 Ryu 就沒有現在的我。）

全く違う人生を歩んでいたよ。

（肯定是過著完全不同的人生。）

リュウと出会ってから、中国語を真剣に勉強したいと思って
台湾に留学に行ったし、

（和你相遇之後，我決定學好中文，然後到台灣留學。）

そこから本当に世界が広がって、今の YouTube にも
繋がった。

（留學後世界變寬闊了，也才能勝任 YouTube 這份工作。）

YouTube もリュウがいなかったら、きっと自分で踏み入れ
なかった世界だし、YouTube を初めて生活もプラスに、
大きく変わったよ。

（如果沒有你，我一定不會踏入 YouTube 的世界，開始 YouTube 之後，
生活往好的方面大轉變。）

いつもいつもリュウの行動から、ゆまを大切にしてくれるの
がものすごく伝わるよ。

（看著你的一舉一動，我深深地感受到自己被珍惜著。）

本当にありがとう。

（真的很謝謝你。）

今はリュウの優しさに甘えてばかりのだめなところがたく
さんあるゆまだけど、

（現在的我總是依賴你的溫柔，覺得自己不是好老婆，）

人としても、リュウのお嫁さんとしても、これからもっと
成長できるように努力していくね。

（作為一個人，作為 Ryu 的老婆，接下來我會很努力的成長。）

これからゆまとリュウは家族になるけど二人だけじゃなく
て、リュウの家族、ゆまの家族もみんなが繋がるね。

（今後變成家人的不只我和你，我們的兩家人也變成一家人了。）

いよいよ入籍が済んでこれから新しく新婚生活がスタート
するね。

（今天我們終於也註冊了，接下來是新婚生活的新開始。）

いつも笑顔が絶えない、素敵な家庭を一緒に築いていこうね。

（讓我們一起建立笑容不斷的美好家庭吧！）

Ryu 寫給 Yuma 的告白信

　　大家還記得嗎？在一部我們宣布正式成為夫妻的影片裡，Yuma 突然拿出了自己偷偷準備的信件在相機前對我唸了一段真情告白！當時感動得只能全神貫注地忍住眼淚……後來一直後悔自己在那時候和求婚時都沒給 Yuma 告白的話。所以這次利用我們的第一本書，換我靜悄悄的為 Yuma 準備了一段告白。

　　「我猜你是希望我用中文寫的，那我就用中文寫囉～～ Yuma，你還記得我們第一次見面發生的所有事情嗎？我很變態喔，我連你當時穿的衣服、髮型、髮色和時時刻刻的表情都還記得。也許是命運的安排，是上帝硬把你拖過來的，才會在絕對不會有新生入團的 1 月份的某天，你突然打開門進來說想要參加社團活動。當時我第一眼見到你的時候就覺得你──『超絕 KAWAII!!!』。還記得活動的遊戲內容要你用肢體語言讓別人猜『メイド（女僕）』，你竟然不知道意思，愣在那裡。各種問號漂浮在空中，周圍人也不知道怎麼解釋，你的反應呆萌，我眼球瞬間轉成愛心。

一見鍾情好像就是這麼一回事……從那一刻起我就喜歡上你了。

啊！其實我有件事沒有跟你說，在你飛到台灣留學之前，其實我送機時是準備向你告白的。只可是當時媽媽和朋友從前夜開始陪同……沒有兩個人的空間，而且因為下雪，很多飛機停飛和延遲導致機場大亂，登機手續大排長龍。大家都擔心死了，希望你能趕上飛機，只有我心裡面其實一直默默祈禱：『飛機、讀一下空氣（識相點吧）明天再飛吧？』『很不幸』你趕上了。我失去了告白的時機。後來用 LINE 寫給你了。超後悔的……對不起！

我覺得你和別人與眾不同的地方，就是你不管對誰都是公平對待的。沒有任何刻板印象。我問你為什麼會愛上外國人？更何況你為了學習中文到台灣留學，那又怎麼會愛上馬來西亞人呢？當時你的回答改變了我的人生觀……（真的有那麼嚴重！）你說：『我不是喜歡馬來西亞人，只是喜歡的人剛好是馬來西亞人。』……雖然當時你有點醉了，但是這句話我到現在都還記得——你看一個人不會問他的國籍，不會問他的年齡，也不會問他的工作、家庭背景、有沒有錢。假設我是白痴，人家問你為什麼喜歡白痴？我想你也會這麼說的吧？『我不是喜歡白痴，只是喜歡的人剛好是白痴。』這決定了我想跟你走一輩子。

謝謝你當時配合和允許我當個 YouTuber。一般來說都會希望自己男朋友有個正職，可是你卻沒有任何抱怨，反而很支持我從事

這行！感謝你相信我。也願意陪我一起上鏡頭，即使你當時工作忙碌。這我也要替觀眾感謝你啊。因為沒有你的話，RyuuuTV 根本就不能成立。以前還可以大聲說我能一個人拍影片，可是現在沒有你的話，編輯影片都會變得非常乏味。我看膩了自己的大臉，可是每次只要編輯影片裡有你的話，我都是笑著製作的。因為你每次在旁邊都會做出很可愛的事情！

　我們結婚了，雖然目前夫妻間的摩擦是極少的，可是我們不能輕忽。未來恐怕在各種人生大問題的抉擇上會有無數的意見不合。這些我們一定都要說出來一起解決。知道你一直在擔心年齡，可是放心吧！我其實很期待看到 30 歲、40 歲、50 歲……的 Yuma。我有信心，就算你老了、胖了、臉型身材再怎麼改變，我都愛你。我也來借用一下那句話好了『我不是喜歡胖的老婆……只是我喜歡的人剛好胖了！』咦？這好像說得不對。好啦！……老婆，我愛你。」

 補充單字

日文漢字標示注音，外來語片假名則標示英文，方便大家加強記憶。

入籍	にゅうせき	註冊結婚
入籍手続き	にゅうせきてつづき	註冊手續
必要書類	ひつようしょるい	必備文件
婚姻届	こんいんとどけ	結婚登記表
市役所	しやくしょ	市公所
ラブラブ	Love Love	恩愛

 Ryu の學習小提醒

外國人要與日本人結婚需要準備的文件
①婚姻届書（こんいんとどけしょ）（結婚登記表）
②独身証明書（どくしんしょうめいしょ）（單身證明）
③国籍証明書（こくせきしょうめいしょ）/ 出生証明書（しゅっしょうしょうめいしょ）（國籍證明 / 出生證明）
④パスポート（護照）
⑤在留カード（ざいりゅう）（居留證）
⑥戸籍謄本（こせきとうほん）（戶籍謄本）

 **延伸學習** 參考影片印象更深刻

 · 我們正式成為夫妻了！沒想最後老婆有準備驚喜告白……。

https://www.youtube.com/watch?v=rOCBs85Mi7g

· 娶日本老婆手續上遇到了小小困難！在日本結婚需要準備什

麼文件？

https://www.youtube.com/watch?v=AH_ng2c8bgc

結婚戒指

　　Ryu 向 Yuma 求婚時，用的是求婚戒指，後來一起到銀座選購了結婚戒指，並拍成影片上傳。等戒指刻上我們的名字並寄送到家裡後，店員道謝說：有客人是看了我們的影片而來店裡選購。我們真的覺得非常榮幸和感動呢！

MP3
1-07-01

 結婚指輪は婚約指輪と一緒につけてます。とても気に入ってるよ。
（我們的婚戒可以和求婚戒指合在一起戴，我很喜歡。）

 そうですね〜内側には私たちの名前を刻印してます。
（對啊，裡面還刻有我們的名字。）

 大事にするね！いつも指につけてます。
Ryu みたいにいつも付け忘れないよ〜
（我會好好珍惜，隨時戴在手上，才不會像 Ryu 那樣常常忘記。）

左手の薬指に結婚指輪をつけると、ゆまは既婚者の
意味で、他の男は手を出すことはないね。

（在左手無名指戴上戒指，表示 Yuma 已婚，別的男人就不會打
她的主意了。）

 イケメンを見たら、指輪を外すわ。

（要是遇到帥哥，我就把戒指拿下來。）

 お願い、外さないで〜。

（求求你不要拿下來〜）

 Yuma 愛の叮嚀

最近日本很流行將求婚戒指和結婚戒指一起戴（結婚指輪と
婚約指輪を重ね付けする）的設計，所以我也特別選了可以
跟求婚戒指搭配的戒指，是不是很特別呢？

Ryu ♡3♡ Yuma

婚戒象徵我倆的愛
永恒不變。

どうして左手の薬指に結婚指輪をつけるかというと、相手の
心を掴めるからだそうです。

（為什麼結婚戒指要戴在左手？據說是代表能抓住對方的心。）

プロポーズするために、彼女に内緒で指輪のサイズを
測りました。

（為了求婚，我偷偷量了女友的戒指尺寸。）

最近、結婚指輪を手にするのではなく、ネックレスにして身
につける人が増えてきているようです。

（最近有越來越多人不是把婚戒戴在手上，而是做成項鏈戴在身上。）

結婚指輪は二人の永遠の愛を誓う約束です。

（結婚戒指是兩個人永恆的愛的誓言。）

補充單字

日文漢字標示注音，外來語片假名則標示英文，方便大家加強記憶。

指輪	ゆびわ	戒指
婚約指輪 / エンゲージ リング	こんやくゆびわ engagement ring	求婚戒指

結婚指輪 / マリッジ リング	けっこんゆびわ marriage ring	結婚戒指
指輪のサイズ 直し	ゆびわの size なおし	修改戒指尺寸
指のサイズ	ゆびの size	手指戒圍
イニシャル刻印 を入れる	initial こくいんをいれる	把名字的第一個字母 刻在戒指上
刻印サービス	こくいん service	刻字服務
ペアリング	pairing	對戒
指輪をはめる / する / つける	ゆびわをはめる / する / つける	戴上戒指
指輪を外す	ゆびわをはずす	脫下戒指

 延伸學習 參考影片印象更深刻

· 結婚戒指開箱！今後我也會對 Yuma 好的～～

https://www.youtube.com/watch?v=7hvxXPalibo

婚紗照

Yuma 穿白無垢真是美呆了！

　我們的婚紗照穿的是和式禮服！真的是很難得的體驗，拍照過程也很愉快，親切幽默的工作人員一直逗我們笑呢！

1-08-01

もし、Ryu と結婚（けっこん）しなければ、私（わたし）は白無垢（しろむく）を選（えら）ばなかったはず。

（如果不是跟 Ryu 結婚，我應該不會選白無垢。）

そうだね、今の日本人の若者は大体スーツを着るのが
多いからね。

（對啊，現在日本年輕人大多都選擇西式禮服。）

この機会をくれて、ありがとう。

（謝謝你給我這個機會。）

素敵な思い出になるね、それに白無垢を着たゆまは、
とても綺麗だよ！

（我也覺得是很棒的回憶，而且 Yuma 穿白無垢真是美呆了！）

でも結婚式の時は、やっぱりウェディングドレスを
着るよ。

（不過婚禮時，我還是要穿西式禮服喲。）

● 相關例句 日式婚禮二三事這樣說～ MP3 1-08-02

明治神宮にお参りに行った時に日本の結婚式を見ました。
新婦さんが白無垢を着ている姿がとても厳かで綺麗です。

(到明治神宮參訪時，看到日式婚禮，新娘穿著白無垢，非常莊嚴美麗。）

紋付袴は男性の正式な礼服です。スーツと同じように着て
いる姿がとても格好いいです！

（紋付袴是男生穿的正式禮服，就像西裝，穿上去整個人帥度破表！）

普通、白無垢を着る時、新婦さんは顔を白く塗りますが、
結婚式後に披露宴があるため、あまり白くならないように
塗ります。

（通常穿白無垢，新娘的臉需要塗白，但有時儀式後要舉辦喜宴，因此不
塗太白。）

Yuma 愛の叮嚀

大家知道為什麼新娘要穿白無垢出嫁嗎？
它代表純潔的意思，表示一身純白地嫁進夫家，從此融入
夫家環境（色彩）。

補充單字

日文漢字標示注音，外來語片假名則標示英文，方便大家加強記憶。

結婚写真	けっこんしゃしん	婚紗照
白無垢	しろむく	日式新娘禮服
紋付袴	もんつきはかま	日式新郎禮服
花嫁衣裳	はなよめいしょう	新娘禮服
新郎 / 花婿	しんろう / はなむこ	新郎
新婦 / 花嫁	しんぷ / はなよめ	新娘

 延伸學習 參考影片印象更深刻

· 〔攝影師被閃摔..〕我們穿和服拍結婚照了！（前篇）

https://www.youtube.com/watch?v=NXrpuLqG2ms

· 〔鳴人和雛田也是這種的♪〕我們穿和服拍結婚照了！（後
篇）

https://www.youtube.com/watch?v=UxpxVIZVltA

が 和 は 怎麼區分

が是單純形容事實，は是有比較的意義

例句

かのじょ せいかく
彼女は性格がいいね。

（她的個性很好。）

ぼく かね
僕は金はないけど、

あい
愛はいっぱいある。

（錢我是沒有啦，但有滿滿的愛。）

PART 2

日本生活，用得到的日文＆情境

2:25 / 5:47

購物（買い物）か　もの

　　雖然大家到日本購物消費力驚人，甚至各大名店都有會說中文的店員提供專門服務，完全不受語言不通的影響，但已學習日文一段時間的朋友，不妨練習全程使用日文來與店員應對，磨練你的日語會話哦！像星巴克的話，店員在結帳的時候一定會和客人閒聊。每次去百分之百店員會抓我身上的東西來稱讚，譬如說我戴著鯛魚燒項鍊時，店員就會問我是不是很愛鯛魚燒。剛開始來日本的時候真的覺得購物非常好練習日文。XD

買伴手禮，順便練習對話！

2-01-01

このワンピース、試着<ruby>試着<rt>しちゃく</rt></ruby>してもいいですか？

（可以試穿這件連身裙嗎？）

<ruby>右<rt>みぎ</rt></ruby>から3<ruby>番目<rt>ばんめ</rt></ruby>の<ruby>試着室<rt>しちゃくしつ</rt></ruby>へどうぞ。

（請到右邊第三間更衣室。）

こちら、<ruby>頂<rt>いただ</rt></ruby>きます。／これ、ください。

（我要買這件。）

クレジットカードは<ruby>使<rt>つか</rt></ruby>えますか？

（可以用信用卡結帳嗎？）

<ruby>申<rt>もう</rt></ruby>し<ruby>訳<rt>わけ</rt></ruby>ございませんが、こちらは<ruby>現金<rt>げんきん</rt></ruby>しかお<ruby>使<rt>つか</rt></ruby>い

いただけません。

（非常抱歉，本店只限現金付款。）

では、<ruby>現金<rt>げんきん</rt></ruby>で<ruby>お願<rt>ねが</rt></ruby>いします。

（那就用現金付吧。）

Ryu の學習小提醒

在日本打七折是「30% 割引」，不是「70% 割引」，別弄錯了哦！

● **相關例句** 購物會用到的句子～ MP3 2-01-02

免税(めんぜい)の手続(てつづ)きはできますか？

（可以退税嗎？）

一回払(いっかいばら)いでよろしいでしょうか？

（請問是一次付清嗎？）

値段(ねだん)が少(すこ)し高(たか)いので、少(すこ)し安(やす)くしてもらえませんか？

（價錢有點貴，可以便宜一點嗎？）

もう少(すこ)し考(かんが)えます。

（我再考慮一下。）

ごめんなさい、サイズが合(あ)いませんでした。

（不好意思，尺寸不適合我。）

開(あ)けて中身(なかみ)をチェックしてもいいですか？

（可以打開檢查嗎？）

他(ほか)の色(いろ)はありますか？

（有別的顏色嗎？）

雑誌(ざっし)の「女子力(じょしりょく)アップのマストアイテム」を見(み)たのですが、
このようなワンピースはありますか？

（我在雜誌上看到「提升女人味的必備單品」特輯，請問有這樣的連身裙
嗎？）

058 ▶ PART 2 日本生活，用得到的日文 & 情境

 補充單字

日文漢字標示注音，外來語片假名則標示英文，方便大家加強記憶。

税込み	ぜいこみ	含稅
税抜き	ぜいぬき	不含稅
試供品	しきょうひん	試用品
試食品	ししょくひん	試吃品
お買い得	おかいどく	買到賺到
激安	げきやす	超低價
在庫処分	ざいこしょぶん	庫存清倉
タイムセール	time sales	限時特賣
お一人様 1 点限り	おひとりさまいってんかぎり	每人限購一個
割引	わりびき	打折、折扣
アメリカ / 中国 / 台湾製	America / ちゅうごく / たいわんせい	美國 / 中國 / 台灣製
フィッティング ルーム	fitting room	試衣間
福袋	ふくぶくろ	福袋
衣類	いるい	衣服類
マストアイテム	must item	必買（吃）單品 （或食物等）
着痩せコーデ	きやせコーディネート (coordinate)	顯瘦穿搭
T シャツ	T-shirt	T恤
パーカー	parka	帶帽外套
コート	coat	外套

ズボン	trousers	褲子
スカート	skirt	裙子
ワンピース	one piece	連身裙
ショートパンツ	short pants	短褲、熱褲
靴下	くつした	襪子
パンツ	pants	內褲
ブラジャー	brassiere	女性胸罩
マフラー	muffler	圍巾（較厚重，冬天圍的）
スカーフ	scarf	圍巾（較輕便，夏天也可以圍）

 **延伸學習** 參考影片印象更深刻

 ・衣服試了不買日文要怎麼講？逛日本服裝店可以用上的
日文會話

https://www.youtube.com/watch?v=NwlGVuN6Gpw

・日本購物要用信用卡結帳，用日文要怎麼說？
https://www.youtube.com/watch?v=So0W2CGMXUQ

 ・日本購物時，想打開看裡面。怎麼用日文跟店員講？
https://www.youtube.com/watch?v=6AKFR0uubFA

・日文初級的生活單詞：衣服類（短褲，外套等）
https://www.youtube.com/watch?v=1LyYWydonG0

藥妝店（ドラッグストア）

　　大家來日本旅遊時，絕對不會錯過的就是藥妝店，甚至每年都會更新十大藥妝店必敗商品清單！我們家 Yuma 每次逛藥妝店的時候，我都要等好久。XD

　　對於沒在學日文的朋友，藥妝的名稱可能不太好唸，建議大家準備好圖片直接拿給店員看喔～

🌸 拿著圖片或商品名稱問店員 MP3 2-02-01

すみません、この風邪薬を探しているんですが。
（不好意思，我正在找這種感冒藥。）

置いてないです。／こちらです。
（這裡沒有。／在這裡。）

免税になりますか？

（這裡有免税嗎？）

消耗品は 5000 円になると、免税できますよ。

（購買消耗品 5000 圓以上，就可以免税哦。）

じゃあ、もうワンセット買おう。

（那我再拿一組好了。）

はい、パスポートをお願いします。

（好的，請給我護照。）

 找藥妝，這樣說就對了～ **2-02-02**

痛み止めの薬はありますか？

（有止痛藥嗎？）

口紅は、どの色が人気ですか？

（什麼顏色的口紅最受歡迎呢？）

最近、一番人気の日焼け止めはどれですか？

（最近最受歡迎的防曬乳是哪個呢？）

この皮膚薬は湿疹や痒みには効きますか？

（這種皮膚藥對濕疹或搔癢有效嗎？）

補充單字

日文漢字標示注音，外來語片假名則標示英文，方便大家加強記憶。

BB クリーム	BB cream	BB 霜
化粧水	けしょうすい	化妝水
コンシーラー	concealer	遮瑕膏
ファンデーション	foundation	粉底
パウダー	powder	蜜粉
チーク	cheek	腮紅
マスカラ	mascara	睫毛膏
アイライナー	eyeliner	眼線筆
グロス	gloss	唇蜜
クレンジングオイル	cleansing oil	卸妝油
クレンジングミルク	cleansing milk	潔顏乳（可卸妝）
パック / マスク	pack / mask	面膜
風邪薬	かぜぐすり	感冒藥
胃薬	いぐすり	胃藥
鎮痛剤	ちんつうざい	止痛藥
胃腸薬	いちょうやく	腸胃藥
湿布	しっぷ	痠痛貼布
熱さまシート	ねつさま sheet	退熱貼
虫除けスプレー	むしよけ spray	防蚊噴液

| 絆創膏 | ばんそうこう | OK繃 |
| サプリメント | supplement | 保健食品 |

  **延伸學習** 參考影片印象更深刻

·我們逛日本的藥妝店買了什麼？教你一句購物實用日文！
https://www.youtube.com/watch?v=aaSr1-AfuPM

各種 cosplay 面膜；不想有皺紋
就要憋住不笑。

點餐（注文^{ちゅうもん}）

日本有太多必吃美食，但你有沒有自己打電話預約餐廳過呢？記得我第一次預約餐廳，聽到日本人在電話裡劈哩啪啦說了一堆聽不懂的話，只能乖乖的掛電話放棄……

這裡要教大家怎麼在電話裡用日文跟日本人對話！學起來之後，記得跟朋友約吃飯的時候，可以自告奮勇幫忙打電話預約喔！練日文練日文～

2-03-01

店内^{てんない}でお召^めし上^あがりですか？
（請問您是在店裡用餐嗎？）

持^もち帰^{かえ}りで／はい、店内^{てんない}で。
（外帶。／在店裡吃。）

こちらをお勧^{すす}めしていますが、いかがでしょうか？
（推薦您這個套餐，您覺得怎麼樣？）

セットのダブルチーズバーガー一つと、サイドは
フライドポテト。
（我要套餐的雙層起司漢堡一個，然後副餐要薯條。）

 はい。
（好。）

 あとドリンクはコーラで。
（然後飲料要可樂。）

 かしこまりました。
（我知道了。）

 以上で、お願いします。
（以上，麻煩你了。）

 合計 ６ ８ ０ 円でございます。
（總共 680 圓。）

 1000 円でお願いします。
（給你 1000 圓。）

 ３ ２ ０ 円のお返しでございます。
（找您 320 圓。）

點餐、付款也是練習
說日文的好機會喔！

 Yuma 愛の叮嚀

在進餐廳時，店員通常第一句問的就是：（請問幾位？）如果不會說數字也沒關係，可以比手勢，不過日本人的人數比法是，例如六人，就用一隻手指放在另一隻手掌上哦！

6

● 相關例句 點餐、結帳，這樣說就對了～ MP3 2-03-02

サイドメニューとお飲（の）み物（もの）をお選（えら）びください。
（請選擇副餐和飲料。）

紅生姜（べにしょうが）を多（おお）めにもらえますか？
（能給我多一點紅薑嗎？）

ねぎ／にんにく／ニラ抜（ぬ）きでお願（ねが）いします。
（請不要放蔥／蒜頭／韭菜）

単品（たんぴん）で／セットで。
（單點／套餐）

かいけい　べつべつ　　　ねが
会計は別々でお願いします。

（我們要分開付。）

　　　かのじょ　がいしょく　　　　　　　　わ　かん
いつも彼女と外食するときは、割り勘です。

（我和女友在外面吃飯，都是 AA 制。）

きょう　わたし
今日は私がおごりますね。

（今天我來請客哦。）

こしょう　すく　　　　　　　くだ
胡椒を少なめにして下さい。

（胡椒少放一點。）

　　　　　　ちゃ　こおり　　　　　くだ
ウーロン茶を氷なしにして下さい。

（烏龍茶去冰。）

　　　　　おな　りょうり　くだ
あちらと同じ料理を下さい。

（請給我跟那個一樣的料理。）

　　　　　　　　　　　　ねが
テイクアウトでお願いします。

（我要外帶。）

かんじょう　　　かいけい　ねが
お勘定／お会計をお願いします。

（請幫我結帳。）

りょうしゅうしょ　くだ
領　収　書を下さい。

（請給我收據。）

補充單字

日文漢字標示注音，外來語片假名則標示英文，方便大家加強記憶。

メインメニュー	main menu	主餐
サイド（メニュー）	side (menu)	副餐
ドリンク	drink	飲料
ストロー	straw	吸管
ドライブスルー	drive through	得來速
多め / 少なめ	おおめ / すくなめ	多一點 / 少一點
テーブル席	table せき	吧台的位子
カウンター席	counter せき	桌子的位子
喫煙席	きつえんせき	吸菸區
禁煙席	きんえんせき	禁菸區
レジ（スター）	register	結帳櫃台
食べ放題	たべほうだい	吃到飽
飲み放題	のみほうだい	喝到飽
立ち食い	たちぐい	站著吃
お湯	おゆ	熱水
お水	おみず	水
お冷	おひや	冰水、冷水
完食	かんしょく	吃完
裏メニュー	うら menu	隱藏菜單
牛丼	ぎゅうどん	牛肉蓋飯
かつ丼	かつどん	豬排蓋飯

| 天丼 | てんどん | 天婦羅蓋飯 |
| 鉄火丼 | てっかどん | 鮪魚蓋飯 |

 Ryu の學習小提醒

很多人常常會把吃不完的餐點打包，發揮節儉的美德，不
過日本有些餐廳是不接受客人外帶的，如果你想外帶時，
最好要問一聲：

「食べ残しは持ち帰りできますか？」

（吃不完的可以打包帶回家嗎？）

延伸學習 參考影片印象更深刻

· 如何用日文在麥當勞買東西？
https://www.youtube.com/watch?v=8WorGZk7gM8

· 日本人吃拉麵配炒飯跟餃子？？
https://www.youtube.com/watch?v=XTzfeUbnCrM

超商（コンビニ）

　日本的超商真是變化多端，不但食物種類豐富，而且超好吃！

　Ryu 有在超商打工的經驗，那時候吃了店內的食物，整整一年都沒覺得膩過，因為食物總是不斷更新，就以飯糰來說也會隨著季節的變化推出新口味～到現在雖然有 Yuma 給我做飯，但是愛逛超商仍然是戒不掉的一個習慣。XD

2-04-01

　こちらのお弁当は温めますか？
（您的便當需要加熱嗎？）

　はい、お願いします。／いいえ、大丈夫です。
（是的，麻煩你了。／不用了。）

お会計は<ruby>千円<rt>せんえん</rt></ruby>になります。
<ruby>お会計<rt>かいけい</rt></ruby>は<ruby>千円<rt>せんえん</rt></ruby>になります。

（一共是一千圓。）

<ruby>袋<rt>ふくろ</rt></ruby>に<ruby>入<rt>い</rt></ruby>れますか？

（要幫您放進袋子嗎？）

はい、<ruby>お願<rt>ねが</rt></ruby>いします。／いいえ、<ruby>大丈夫<rt>だいじょうぶ</rt></ruby>です。

（是的，麻煩你了。／不用了。）

<ruby>袋<rt>ふくろ</rt></ruby>はご<ruby>一緒<rt>いっしょ</rt></ruby>でよろしいですか？

（請問可以放進同一個袋子嗎？）

はい、<ruby>一緒<rt>いっしょ</rt></ruby>で。／<ruby>分<rt>わ</rt></ruby>けて<ruby>下<rt>くだ</rt></ruby>さい。

（好，放在一起。／分開裝。）

（はい。）お<ruby>箸<rt>はし</rt></ruby>をつけますか？

（需要筷子嗎？）

<ruby>一膳<rt>いちぜん</rt></ruby>ください。

（請給我一雙。）

かしこまりました。

（我知道了。）

Yuma 愛の叮嚀

在超商借廁所之前，一定要詢問店員哦！
「トイレを貸_かしてください。」或「トイレを借_かりてもいい
ですか？」都可以哦。

● 相關例句 關於超商二三事～ MP3 2-04-02

おでんといえば、大根_{だいこん}です。
（說到關東煮，就一定要吃白蘿蔔。）

五円_{ごえん}のお返_{かえ}しとレシートです。
（找您五圓和收據。）

会員_{かいいん}カード／ポイントカードは、お持_もちですか？
（請問有會員卡 / 集點卡嗎？）

ニュースによると、最近_{さいきん}コンビニに「無人_{むじん}レジ」が
導入_{どうにゅう}されたそうです。試_{ため}しに行_いきませんか？
（新聞說最近超商導入自動結帳機，要不要去試試？）

日文漢字標示注音，外來語片假名則標示英文，方便大家加強記憶。

コンビニ	convenience (store)	超商
レジ	register	收銀台
期間限定	きかんげんてい	限期活動
幻の商品	まぼろしのしょうひん	夢幻商品
オリジナル商品	original しょうひん	原創商品
ヨーグルト	yoghurt [德]	優格
缶コーヒー	かん coffee	罐裝咖啡
ゼリー	jelly	果凍
プリン	pudding	布丁
お菓子	おかし	點心
おにぎり （しゃけ / 昆布 / 鮪 / おかか）	（しゃけ / こんぶ / まぐろ / おかか）	御飯糰 （鮭魚 / 昆布 / 鮪魚 / 柴魚）
おでん		關東煮
大根	だいこん	白蘿蔔
餅入り巾着	もちいりきんちゃく	豆腐皮麻糬
コンニャク	konjac	蒟蒻
ちくわぶ		竹輪麩
はんぺん		鱈魚餅
白滝	しらたき	蒟蒻絲
ロールキャベツ	roll cabbage	高麗菜捲
厚揚げ	あつあげ	炸豆腐

ウィンナー巻き	wiener まき	香腸捲
つくね		雞肉丸
牛すじ	ぎゅうすじ	牛筋
がんもどき		炸油豆腐丸子
ごぼう巻き	ごぼうまき	牛蒡捲

 **延伸學習** 參考影片印象更深刻

 ·台灣和日本的 7-11 便利商店飯糰大比拼！味道真的有差嗎？
https://www.youtube.com/watch?v=_h6k-pHJIBA

·日本超商，店員都在講什麼？
https://www.youtube.com/watch?v=1uRz4TWucNg

 ·旅客們請注意！日本超商借廁所的時候，要講一聲喔
https://www.youtube.com/watch?v=H2enlFzBqcw

·日本超商關東煮全種類的日文，你都會背會了嗎？
https://www.youtube.com/watch?v=IuwpT7JIOsU

萬聖節（ハロウィン）

這樣打扮很應景吧！

　我跟 Yuma 有許多美好的節慶回憶，在夏日祭典看煙火大會、吃小吃攤，在盂蘭盆節和家人聚餐、在萬聖節到澀谷去看萬人變裝遊街，還有在跨年時到朋友家玩等。想想覺得說，這些過程都拍成影片留下來實在是太好了～不僅可以給大家看到日本節慶，並且也是我們兩人重要的生活回憶～～

2-05-01

ハロウィンパーティ行きたいですね。
（好想去萬聖節派對哦。）

じゃあ仮装（かそう）しなきゃだめです。どんなメイクと衣装（いしょう）が いいですか？

（那就要先來變裝才行，要畫什麼妝、穿什麼衣服才好呢？）

 ハロウィンっぽい格好（かっこう）したいけど、この特殊（とくしゅ）メイクは どう思（おも）いますか？

（我想打扮得很有萬聖節風，你看這種特殊化妝怎麼樣？）

 それはグロすぎでしょう。

（那也未免太可怕了吧。）

● (相關例句) 萬聖節二三事～ 🎵 **2-05-02**

トリック ・ オア ・ トリート！（TRICK OR TREAT!）

（不給糖，就搗蛋！）

ハロウィンは、かわいい子供達（こどもたち）がいろんな仮装（かそう）をして、家々（いえいえ） を回（まわ）って「トリック ・ オア ・ トリート」と言（い）いながら お菓子（かし）をねだるのが楽（たの）しみのひとつです。

（每到萬聖節，我就很期待可愛的孩子們打扮成各種模樣，挨家挨戶邊說： 「不給糖，就搗蛋」邊討糖果。）

ハロウィンを象徴（しょうちょう）するものといえば、かぼちゃランタン ですね。

（說到萬聖節的象徵，就是南瓜燈了。）

 **補充單字**

日文漢字標示注音，外來語片假名則標示英文，方便大家加強記憶。

ハロウィン	Halloween	萬聖節
変装グッズ	へんそう goods	變裝道具
仮装パレード	かそう parade	變裝遊行
特殊メイク	とくしゅ make up	特殊化妝
グロい	grotesque	奇怪的、荒誕不經的
パンプキン	pumpkin	南瓜
マント	manteau [法]	斗篷
魔女	まじょ	魔女
ほうき		掃把
ゾンビ	zombie	殭屍、喪屍
お化け	おばけ	鬼怪
コウモリ	こうもり	蝙蝠

 **延伸學習** 參考影片印象更深刻

 ·【萬聖節】Ryu 變裝後比較帥？情侶挑戰幫對方化妝★萬聖節日文小教學
https://www.youtube.com/watch?v=7UQUY-PZnBE

·日本涉谷（SHIBUYA）的萬聖節！整個城市夜店模式（⊙o⊙）★美女帥哥大集合
https://www.youtube.com/watch?v=aVsVdXBvw5g

新年（正月）
しょうがつ

「初詣」可以說是最有年味的活動

　　日本人在大年初一時，都會和家人朋友前往神社或寺院參拜，稱為「初詣」（はつもうで），祈求一年的平安。很多人也會求籤問健康、學業或姻緣，我們因為是老夫老妻囉，所以祈求的是「幸福」。

　　阿對了，大家有來參拜時記得嘗試喝一下神社派的「甘酒」（あまざけ）喔～那對我來說就是過年的味道。XD 大一點的神社還會有許多類似夏日祭典的攤位呢！

神社やお寺にお参りに行くと、一番人気なのが
「おみくじ」。

（去神社或寺廟參拜時，最受歡迎的就是抽籤詩了。）

そうだよね。私も引いてみたい！

（對啊，我也想來抽籤！）

おみくじを引いた後はどうする？

（抽到籤以後要怎麼處理呢？）

「大吉」や「吉」を引いたら、家に持ち帰って、
「凶」を引いたら、神社の木の枝に結んで
帰ればいいよ。

（如果抽到「大吉」或「吉」，就帶回家；如果抽到「凶」，
就綁在神社的樹枝上。）

祈求幸福！相信一定會抽到大吉。

Yuma 愛の叮嚀

到神社參拜時，我們常看到大家把願望寫在紙條上，那麼
該怎麼許願呢？這時我們可以用「ます＋ように」的句型：

かいぞくおう
海賊王になれますように。（我想當海賊王。）

かのじょ
彼女ができますように。（希望能交到女朋友。）

に ほん ご し けんいっきゅうごうかく
日本語試験一級合格できますように。
（希望能夠通過日語一級檢定。）

● 相關例句 賀新年，這樣說就對了～ MP3 2-06-02

あたら いちねん むか なに ほうふ
もうすぐ新しい一年を迎えますが、何か抱負はありますか？
（新的一年到了，有沒有新的希望呢？）

とし
よいお年を。
（祝你新的一年事事美好。）

ねんまつねんし ていばん としこ こうはくうたがっせん
年末年始の定番は年越しそばと紅白歌合戦ですね。
（每年的年底和年初，一定要吃過年麵線和觀賞紅白歌唱大賽。）

くち なか まつり
口の中が、お祭だ。
嘴巴裡面有如祭典（比喻好吃）。

 **補充單字**

日文漢字標示注音，外來語片假名則標示英文，方便大家加強記憶。

年越しライブ	としこし Live	跨年晚會
おせち料理	おせちりょうり	新年料理
カウントダウン	countdown	跨年倒數
初詣	はつもうで	新年參拜
団子	だんご	丸子
金魚すくい	きんぎょすくい	撈金魚
輪投げ	わなげ	套圈圈
線香花火	せんこうはなび	仙女棒

 **延伸學習** 參考影片印象更深刻

 ・跟朋友到京都跨年真的太好玩了
https://www.youtube.com/watch?v=Xy0S42dPuWM

搭電車（電車に乗る）

　　還記得第一次到新宿、池袋等大型車站，真的被複雜的電車路線和洶湧的人潮嚇到了。一不小心就可能在混亂中搭錯車，上車前最好跟在月台執行公務的站務人員確認一下哦！

　　在冬天，電車裡超暖和！如果有機會坐下來，千萬要注意別睡著坐過站囉～這是我們經常犯的錯。XD

2-07-01

 すみません、この電車は上野行きですか？
（不好意思，請問這列電車是往上野方向嗎？）

 【駅員】はい、そうです。
（【站員】有的，是往上野方向。）

 じゃあ、池袋には止まりますか？
（那，有停池袋站嗎？）

【駅員】これは急行だから、止まらないですよ。
普通列車に乗ってください。

（【站員】這列車是急行，所以沒有到，請搭下一班普通車。）

普通列車は何番線ですか？

（普通車是幾號線呢？）

【駅員】5番線です。

（【站員】請搭5號線。）

Yuma 愛の叮嚀

日本電車的速度依序是特急→急行→快速→準急→普通，停
靠站由少至多，如果你要前往的不是大站，一定要注意列車
種類哦！

● 相關例句　乘車注意事項，這樣說就對了～

次は東京、お出口は左側です。

（下一站是東京，出口在左側。）

新幹線、東海道線はお乗り換えです。

（要搭新幹線、東海道線，請在此站換乘。）

この電車には、優先席があります。

（這一輛火車內有優先席（博愛座）。）

お年寄りや、からだの不自由なお客様、妊娠中や、乳幼児を
お連れのお客様がいらっしゃいましたら、席をお譲りくださ
い。ご協力をお願いいたします。

（如果有乘客是老人、行動不方便的人、懷孕或抱著嬰兒的人請您讓座。
謝謝您的合作。）

それ以外の場所では、マナーモードに設定のうえ、通話は
お控えください。

（在那以外的地方，你必須設定為震動模式然後請不要講電話。）

電車は事故防止のため、お立ちのお客様は、吊り革や手すり
におつかまりください。

（為防止意外發生，站立的乘客請一定要握住吊環或扶手。）

車内に落とし物、お忘れ物をなさいませんよう、ご注意
ください。

（請小心不要遺失或忘記您的東西在車裡，謝謝！）

駆け込み乗車は危険です。おやめください。

（請勿在最後一刻趕上車，以免危險。）

有些小站，快車沒有
停靠，要注意

 **補充單字**

日文漢字標示注音，外來語片假名則標示英文，方便大家加強記憶。

切符売り場	きっぷうりば	售票處
チャージ	charge	儲值
改札口	かいさつぐち	剪票口
ホーム （プラットホーム）	platform	月台
駅員	えきいん	車站工作人員
特急	とっきゅう	特急
急行	きゅうこう	急行
準急	じゅんきゅう	準快車
普通列車 / 各駅停車	ふつうれっしゃ / かくえきていしゃ	普通車 / 每站停靠
乗り換え	のりかえ	轉乘
発車メロディー / 発メロ（簡稱）	はっしゃ melody/ はつメロ	發車音樂
マナーモード	manner mode （和製英文）	（手機）靜音模式
吊り革	つりかわ	吊環
手すり	てすり	扶手
忘れ物	わすれもの	遺失物品
人身事故	じんしんじこ	電車因人誤入軌道 等原因而暫時停駛

Ryu の學習小提醒

有時會聽到車內廣播請乘客配合地說：「優先席付近では、携帯電話の電源をお切りください。」（在博愛座附近請把手機的電源關掉。）

為什麼要提醒大家，在博愛座附近要把手機關掉呢？主要是因為博愛座的老人家可能裝有心律調整器之類的儀器，怕有所影響。

延伸學習 參考影片印象更深刻

・【車內篇】日本火車的廣播到底在講些什麼？
https://www.youtube.com/watch?v=i4VS_UFVMes

計程車（タクシー）

　　在日本搭計程車並沒有想像中的貴，如果是短程或人多（例如四個人）的話，不妨試試看。如果想增進日語會話能力，也可以試著和司機聊聊天。我們有好多次從司機那裡聽到了我們不知道的當地美食和文化情報呢～

　　還有，大家可以注意觀察，日本的司機幾乎都是雙手駕駛的耶！我有一次問了為什麼，司機回答：「雙手駕駛客人才有安全感和安心感嘛～」當下超感動！

MP3
2-08-01

【運転手さん】どこまでですか？
（【司機】請問到哪裡？）

（住所を見せて）ここまでお願いします。
（（讓司機看地址）我要到這裡。）

【運転手さん】では、参ります。

（【司機】那我要開車了。）

ここから遠いですか？

（從這裡去很遠嗎？）

【運転手さん】いや、近いですよ。ナビだと2、3分ですね。

（【司機】不，很近哦，看導航是顯示2、3分鐘。）

Yuma 愛の叮嚀

如果要請飯店幫忙叫計程車，可以說：「タクシーを呼んでくれますか？」

 相關例句 搭計程車時，這樣說就對了～ MP3 2-08-02

タクシーで3分でも、歩いたら結構遠そうですね。

（搭計程車要3分鐘，但走路會很遠吧。）

忘れ物ございませんように。

（不要忘記東西哦。）

荷物をトランクに入れてもいいですか？

（行李可以放在後車廂嗎？）

できるだけ急_{いそ}いでお願_{ねが}いします。

（請盡量開快一點。）

日文漢字標示注音，外來語片假名則標示英文，方便大家加強記憶。

タクシーのり場	taxi のりば	計程車乘車處
空車	くうしゃ	空車
運転手	うんてんしゅ	司機
運賃	うんちん	車資
ナビ / ナビゲーション	navi/navigation	導航
トランク	trunk	後車廂
タクシー代	taxi だい	車資

Ryu の學習小提醒

日本的計程車車門是由司機控制的，不需要主動去開關，
否則會給司機帶來困擾哦。

· 在日本搭計程車實況！沒想到問出日本計程車的小秘密（笑）！

https://www.youtube.com/watch?v=gHv4m6Iy62E

居酒屋（いざかや）

　　我們跟朋友聚會時，最常去平價的連鎖居酒屋。大家去居酒屋的必點菜色是什麼呢？其實 Ryu 每次點餐都交給 Yuma，因為種類太多會爆發選擇困難症。如果真的不知道該怎麼點，也可以大膽請店員推薦哦！

 yuma 幫忙點餐　MP3 2-09-01

何<ruby>飲<rt>なに</rt></ruby>む？
（你要喝什麼？）

何<ruby>なに</ruby>にしようかな？とりあえず<ruby>生<rt>なま</rt></ruby>で。
（喝什麼好呢？先來杯啤酒吧。）

一<ruby>いっき</ruby>気飲<ruby>の</ruby>みする？
（一口氣乾杯吧？）

🌸 店員點餐

【店員】ご注文は何になさいますか？
（【店員】請問要點什麼？）

なにかお勧めありますか？
（有什麼推薦的菜色嗎？）

【店員】なにか苦手なものはありますか？
（【店員】你有什麼不吃的嗎？）

ないです。
（沒有。）

【店員】ハムカツは結構美味しいですよ。
（【店員】我覺得炸火腿很好吃哦。）

Yuma 愛の叮嚀

雖然在居酒屋有很多飲料可以選擇，但日本人都會先點一杯
啤酒：「とりあえず生で。」「生」就是「生ビール」。酒
上了之後，大家也會一起舉杯，再開始邊用餐邊聊天哦。

 **相關例句** 居酒屋飲酒二三事～

私はビールが苦手なので、日本酒をください。

（我不喝啤酒，請給我日本酒。）

おかわりをください。

（再來一杯。）

当店の食べ放題は平日は制限時間無し、土日祝日は９０分です。

本店的吃到飽平日不限時，週末和假日是 90 分鐘。

補充單字

日文漢字標示注音，外來語片假名則標示英文，方便大家加強記憶。

お通し （需付費的）	おとおし	小菜
生ビール	なま beer	生啤酒
ビールジョッキ	beerjug	杯裝啤酒
生中＝生ビール 中ジョッキ	なまちゅう＝なまびーる ちゅうじょっき	中杯生啤酒 （最常點的量約 435ml）
焼酎	しょうちゅう	燒酒
地酒	ぢざけ	當地的酒
熱燗	あつかん	隔水加熱的清酒
烏龍ハイ	ウーロン highball	烏龍茶加燒酒

ソフトドリンク	soft drink	非酒精飲料
唐揚げ	からあげ	炸雞
つくね		雞肉丸
とりかわ		雞皮
冷奴	ひややっこ	冷豆腐
枝豆	えだまめ	毛豆
やきとり		雞肉串燒
手羽先	てばさき	雞翅
砂肝	すなぎも	肝臟
レバー	liver	牛肝
豚バラ	ぶたばら	豬五花
ベーコン	bacon	培根
串かつ	くしかつ	串炸
さんまの塩焼き	さんまのしおやき	鹽烤秋刀魚
豚キムチ	ぶたキムチ（kimchi【韓】）	泡菜豬肉
焼きギョーザ	やきぎょーざ	煎餃

我們常跟同為 YouTuber 的好友亞實、阿倫一起去居酒屋。

Ryu の學習小提醒

居酒屋的小菜是「お通し」，不論你有沒有點都會上，也要收費，所以收到帳單時可別嚇一跳了。

 延伸學習 參考影片印象更深刻

· 星期五的居酒屋 Learn Japanese IZAKAYA

　https://www.youtube.com/watch?v=avH6iq9-4m4

· 日本第一名居酒屋！又便宜又好吃～我們的推薦菜單是？　

　https://www.youtube.com/watch?v=3BMJBBeyjjQ

 · 讓人想起 " 粗點心戰爭 " 的粗點吃到飽居酒屋！

　https://www.youtube.com/watch?v=eGyhkYrHQiY

購買電器（電気用品<ruby>でんきようひん</ruby>）

　　日本各大車站旁幾乎都有大型電器行，它不只賣電器，也兼賣藥妝、玩具和生活用品等，因此也是旅客必訪之地。每次逛一圈都會有「收穫」，建議在旅途快結束時再來，不然買太多接下來的旅費都沒了。哈哈！

2-10-01

 掃除機<ruby>そうじき</ruby>を買<ruby>か</ruby>いたいのですが、おすすめの機種<ruby>きしゅ</ruby>はなんですか？

（我想買吸塵器，請推薦我好用的機種。）

 はい。今<ruby>いま</ruby>1位<ruby>いち</ruby>はこれです。「数量限定<ruby>すうりょうげんてい</ruby>」のタイムセール開催中<ruby>かいさいちゅう</ruby>ですよ。

（好的，最暢銷的是這個牌子，現在正在限時特惠中。）

たっきゅうびん　くうこう　おく
宅急便で空港へ送れますか？

（可以幫我送到機場嗎？）

もちろんです。

（當然可以。）

Yuma 愛の叮嚀

大型電器行是可以談價錢的，不一定要照標價付款，在有些
電器行，你可以拿特定網站的最低價格給店員看，有可能會
獲得意外優惠的價格哦！

 相關例句 購買電器用品，這樣說就對了～ MP3
2-10-02

ほ しょうしょ
保証書はついてますか？

（有保證書嗎？）

めんぜい
免税になりますか？

（有免税嗎？）

たいわん　つか　　　　　　　　へんあつ き　ひつよう
台湾で使うときには、変圧器は必要ありますか？

（在台灣使用時，需要使用變壓器嗎？）

サイトのお得な割引クーポンを使えますか？

（可以用網站下載的折扣券嗎？）

 補充單字

日文漢字標示注音，外來語片假名則標示英文，方便大家加強記憶。

電気屋	でんきや	電器行
取り扱い説明書	とりあつかいせつめいしょ	使用說明書
液晶ディスプレー / 液晶テレビ	えきしょう display / えきしょう televison	液晶電視（LCD）
掃除機	そうじき	吸塵器
ハンディクリーナー	handy cleaner	手持吸塵器
テレビ	televison	電視
冷蔵庫	れいぞうこ	冰箱
洗濯機	せんたくき	洗衣機
電子レンジ	でんし range	微波爐
オーブン	oven	烤箱
炊飯器	すいはんき	電鍋
冷房 / クーラー	れいぼう /cooler	冷氣
扇風機	せんぷうき	電風扇
ドライヤー	dryer	吹風機
温水洗浄便座	おんすいせいじょうべんざ	免治馬桶

 延伸學習 參考影片印象更深刻

 ·不會日文也不是問題也～帶你逛日本大型電器店！
https://www.youtube.com/watch?v=WT0sR7dCxvA

·日文初級的生活單詞：電化製品
https://www.youtube.com/watch?v=PmWEYxab6FA

問路（道<ruby>み<rt></rt></ruby>ち<ruby>き<rt></rt></ruby>を聞く）

如果能學會幾句簡單日文，生性害羞的日本人也會比較容易停下腳步，告知你正確的地點哦。但要小心對方一口氣劈哩啪啦。把下面的日文都學起來的話，就不怕喔～～～

MP3
2-11-01

 すみません、この近<ruby>ちか<rt></rt></ruby>くにコンビニありますか？
（不好意思，這附近有超商嗎？）

 あそこの交差点<ruby>こうさてん<rt></rt></ruby>を渡<ruby>わた<rt></rt></ruby>って、それからまっすぐ行<ruby>い<rt></rt></ruby>って、右側<ruby>みぎがわ<rt></rt></ruby>にあります。
（過了那個紅綠燈後直走，右手邊就會看到。）

 歩<ruby>ある<rt></rt></ruby>いて何分<ruby>なんぷん<rt></rt></ruby>かかりますか？
（走路要花多少時間？）

 2分<ruby>にふん<rt></rt></ruby>ぐらいかかります。
（大約要花 2 分鐘。）

 Yuma 愛の叮嚀

到人生地不熟的地方旅行，記得攜帶要去地點的名片，或是
當地的地圖，這樣一來，就算不知道目的地的日文唸法，用
手指給當地人看，並說：「ここに行きたいんですけど。」
相信對方就能理解了。

● 相關例句　問路，這樣說就對了～　🎵 2-11-02

すみません、（目的地）に行きたいのですが、どうやって
行けば良いですか？

（不好意思，我想去（目的地），請問怎麼去？）

道に迷ったんですが、（目的地）にはどう行けばいいですか？

（我迷路了，請問（目的地）該怎麼走？）

（目的地）に行くにはこの道でいいんですか？

（請問去（目的地）是走這條路嗎？）

（目的地）を探していますが、行き方を知っていますか？

（我在找（目的地），請問你知道怎麼走嗎？）

この近くに（目的地）はありますか？

（這附近有沒有（目的地）？）

ここから歩いて行けますか？
（請問走路可以到嗎？）

ここからは遠いので、電車に乗ったほうがいいですよ。
（離這裡有點遠，你搭電車去比較好。）

あの公園を通りすぎると、バス停が見えますよ。
（穿過那個公園，就看得見公車站了。）

 補充單字

日文漢字標示注音，外來語片假名則標示英文，方便大家加強記憶。

方向

右	みぎ	右邊
左	ひだり	左邊
前	まえ	前方
後ろ	うしろ	後方
まっすぐ		直走
近く	ちかく	附近
突き当たり	つきあたり	盡頭
隣	となり	旁邊

動作

| 行く | いく | 去 |
| 歩く | あるく | 走 |

曲がる	まがる	轉彎
渡る	わたる	過
通りすぎる	とおりすぎる	通過

地點

角	かど	轉角
交差点	こうさてん	十字路口
信号	しんごう	紅綠燈
ビル	building	大樓
コンビニ	convenience store	超商
病院	びょういん	醫院
銀行	ぎんこう	銀行
交番	こうばん	警察局、派出所
郵便局	ゆうびんきょく	郵局
ホテル	Hotel	旅館
駅	えき	車站
バス停	bus てい	公車站
歩道橋	ほどうきょう	天橋
公園	こうえん	公園
マック	McDonald	麥當勞

 延伸學習 參考影片印象更深刻

 · 要怎麼用日文問路？/ 道を聞くときに使える日本語フレーズ
https://www.youtube.com/watch?v=F0BBt3b46pl

美髪（美容院）
びょういん

　想必很多朋友都對日本髮廊充滿好奇心，但因為語言不通，又不敢上髮廊。為了有效引薦給大家，Ryu 跟 Yuma 跑了好幾家嘗試。趕快來看看我們是怎麼說的！今後你也可以放心地前往日本髮廊剪日本頭了～

MP3
2-12-01

今日はどんな感じにしますか？
きょう　　　　　　　　　かん
（今天想整理成什麼樣子？）

カットとカラーをお願いします。
　　　　　　　　　　　ねが
（我要剪髮和染髮。）

カットはどれくらい短くしますか？
　　　　　　　　　みじか
（你要剪多短？）

只要幾句基本的日文，就可以大膽體驗日本髮藝囉。

長さはそのままで／短くしてください。
（我要保持這個長度。／幫我剪短。）

 カラーの色のご希望は？どんな感じにしますか？
（你要染什麼顏色、什麼樣子呢？）

 アッシュにしてください。
（我要染成灰色。）

 見本はありますか？
（有沒有樣本？）

 こんな感じがいいです。
（我想要這種感覺。）

 Yuma 愛の叮嚀

如果你不知道該怎麼詳細描述自己想要的髮型，可以帶雜誌照片或用手機搜尋，拿給設計師看後說：「こんな感じにしたいんですけど。」

● 相關例句 美髮造型，這樣說就對了～

金髪にしてください。
（請幫我染成金髮。）

私_{わたし}に似_に合_あう髪型_{かみがた}にしてください。

（請剪適合我的髮型。）

整_{ととの}えやすいヘアスタイルでお願_{ねが}いします。

（請幫我設計好整理的髮型。）

パーマをかけたいです。

（我想燙頭髮。）

この冬_{ふゆ}、流行_{はや}っている髪型_{かみがた}はなんですか？

（今年冬天流行什麼髮型？）

お湯_ゆのお加減_{かげん}はいかがですか？

（水的溫度需要調整嗎？）

痒_{かゆ}いところはありませんか？

（有沒有覺得癢的地方呢？）

 補充單字

日文漢字標示注音，外來語片假名則標示英文，方便大家加強記憶。

美容院 / サロン	びよういん / salon	美容院
スタイリスト	stylist	設計師
シャンプー	shampoo	洗髮
髪を切る / カット	かみをきる / cut	剪髮

パーマ	permanent wave	燙髮
髪を染める / カラー	かみをそめる / color	染髮
髪型	かみがた	髮型
すっきりした		舒服、輕鬆
さっぱりした		整齊、利落
若返えった	わかがえった	變年輕了
ふわふわ		蓬鬆感
イメチェン	image change	改變形象
○○っぽい		像○○

 **延伸學習** 參考影片印象更深刻

 ·RYU 剪髮了！？在日本剪頭髮能派上用場的日語會話
　　　https://www.youtube.com/watch?v=Zea4AshnMfs

·破費體驗日本最厲害的表參道剪頭髮！大頭都變小了？
https://www.youtube.com/watch?v=3sOEkwoAN8g

 ·我們的日式冬季新髮型～不要再說沒改變了!!
　　　https://www.youtube.com/watch?v=wIwfDnMB-k4

加油（給油）
きゅうゆ

　　最近越來越多朋友來日本玩時選擇自駕，所以我們也收到許多人詢問「如何加油？」日本加油站有自助式和非自助式，後者的服務超級禮貌周到的！車窗關緊緊，音樂開再大聲，你也能聽見入店時店員的「歡迎光臨！！！」招呼聲。大家有機會一定要試試看哦！

MP3
2-13-01

 レギュラー満タンでお願いします。
まん　　　　　　　　　ねが

（92 無鉛汽油加滿。）

 【店員】かしこまりました。お支払いは？
てんいん　　　　　　　　　　　　　し はら

（[店員] 我知道了，請問怎麼付款？）

 現金で。
げんきん

（付現。）

【店員】こちら中拭き用にお使いください。
吸殻、ゴミなどありますか？

（ [店員] 這塊布給您擦車子內部，請問有菸蒂等垃圾要丟嗎？）

 こちらお願いします、助かります。

（ 那這包東西就交給你，謝謝。）

 Ryuの學習小提醒

日本加油站的親切服務，簡直可以跟迪士尼相比！除了幫

忙擦窗、丟垃圾外，加完油還會主動幫忙指路，超感人！

● 相關例句 加油相關用語～ MP3 2-13-02

レギュラー千円でお願いします。

（92 無鉛汽油加一千圓。）

静電気除去シートに触ってください。

（請觸摸去除靜電按鈕。）

日文漢字標示注音，外來語片假名則標示英文，方便大家加強記憶。

セルフサービス	self service	自助式
ガソリンスタンド	gas station	加油站
ハイオク	high octane	98 無鉛汽油
レギュラー	regular	92 無鉛汽油
軽油	けいゆ	柴油
満タン	fill up the tank	加滿油
定量定額	ていりょうていがく	以量計費
オーライ	all right	請再開過來

延伸學習　參考影片印象更深刻

· 服務超好！日本的加油站全過程實況＋實際日文會話
https://www.youtube.com/watch?v=iBt5z6_LXlY

網路 vs. 年輕人用語
（ネット用語 vs. 若者言葉）

　　剛學日文的朋友，看到日本人的網頁和年輕人的用語，應該會一頭霧水吧？這裡就為大家介紹常見的用語吧！

　　這些流行用語每年……不，是每天都在改變。RyuuuTV 會隨時與你分享喔～～

MP3
2-14-01

明日 7 時 集合ね。
（明天 7 點集合哦。）

【男性友人】りょ。 （＝ 了解）
（[男性友人] 了解。）

今回の合コン、超かわいい子が来るんだって、
ワンチャンいけるかも。
（這次聯誼聽說有超可愛的女孩子，説不定有機會哦！）

【男性友人】ワロタ（＝笑った）。

ワンチャンなしだろ？

（[男性友人]好好笑，你是根本沒機會吧？）

Yuma 愛の叮嚀

在這裡「ワンチャン」不是指小狗，是（一次機會）的意思，不要弄錯了哦！

● **相關例句** 流行用語你看過、聽過，但都懂嗎？ MP3 2-14-02

飲み会なう

（現在正在喝酒。）

京都わず

（去過京都。）

あの店、JK がよく来るよね。

（那家店常有女高中生來呢。）

日本人にとって、卵かけご飯は朝の定番ですよ。

（生蛋拌飯是日本人早上常吃的早餐。）

 補充單字

日文漢字標示注音，外來語片假名則標示英文，方便大家加強記憶。

なう	now	現在正在…… （前面只接名詞）
わず	was	表示過去式
WWWW＝笑う	わらう	大笑
ワロタ＝笑った	わらった	我笑了
氏（し）ね ＝死ね	しね	去死
ディスる （ディスリスペクト簡稱）	disrespect	酸、貶損
ググる （グーグル）	google	用 google 檢索
それな	（關西腔，現已廣為流行）	沒錯，我有同感
JK （＝女子高生）	じょしこうせい	女高中生
KY （＝空気読めない）	くうきよめない	白目
AKY （＝あえて空気読まない）	あえてくうきよまない	故意忽略氣氛
TKG （＝卵かけご飯）	たまごかけごはん	生蛋拌飯
AKB	（＝ A Ki Ba ＝アキバ）	秋葉原

延伸學習 參考影片印象更深刻

・5 個你在上網的時候會看到的日文！年輕人網絡用語
https://www.youtube.com/watch?v=v0raf5XoeAU

・日本女高中生最常使用的口頭禪是？
https://www.youtube.com/watch?v=Co4xtWwZVG0

自分でググれ！

意思相當於「自己去拜谷歌大神！」

（好無情喔！哭哭）

PART 3

說說日本趣聞

臉書是西裝（スーツ），Twitter 是裸體（はだか）？

——日本人最常用的社群網站

　　根據我們街訪和身邊親友的經驗，除了 IG 外，日本人最常用的社群網站是 LINE 和 Twitter，台灣人普遍使用的臉書反而比較少，這是為什麼呢？

3-01-01

どうして日本人（にほんじん）はあんまりフェイスブックを使（つか）わないんでしょうか？
（為什麼日本人不常使用臉書呢？）

友（とも）だちはつながりが広（ひろ）すぎて、使（つか）いたくないって言（い）っていました。
（朋友說是因為連朋友的朋友都能看到自己的訊息，所以不想使用。）

フェイスブックで勝手（かって）にタグ付（づ）けされるのはなんとなく
嫌（いや）ですよね。

（在臉書被朋友擅自 tag，是侵害個人隱私，就是討厭。）

記事（きじ）にタグを付（つ）けて、一緒（いっしょ）にいる友達（ともだち）や記事（きじ）に関連（かんれん）する
友達（ともだち）を表示（ひょうじ）しましょう。

（在 po 文上 tag 一起出現的朋友吧。）

私（わたし）は人見知（ひとみし）りで会話（かいわ）が苦手（にがて）だけど、LINE（ライン）というチャット形式（けいしき）
のコミュニケーションツールを使（つか）うなら大丈夫（だいじょうぶ）です。

（我很害羞，不知該怎麼跟人對話，但是使用 LINE 這類通訊工具就沒問
題了。）

やばい！LINE（ライン）で愛（あい）の告白（こくはく）を間違（まちが）って上司（じょうし）に送（おく）ってしまい
ました。

（糟了！我在 LINE 把愛的告白誤傳給上司了。）

 補充單字

日文漢字標示注音，外來語片假名則標示英文，方便大家加強記憶。

ライングループ	LINE group	LINE 群組
ネトモ		網友
顔文字	かおもじ	表情符號

チャット	chat	網路聊天
既読スルー	きどく through	已讀不回
誤送信	ごそうしん	誤傳訊息
ツイッター	Twitter	推特
リア垢／ リアル用アカウント	real account	真實帳號
裏垢	うらアカウント	秘密帳號
タグ付け	tag づけ	tag 朋友
ブロック	block	封鎖（朋友）
ネカフェ	internet café	網咖
ネットカフェ難民	internet café なんみん	網咖難民

 Ryu の學習小提醒

曾聽人家比喻：「臉書是西裝，Twitter 是裸體。」就是說最能表露自己心情的其實是 Twitter。據說有人竟然擁有五個 Twitter 帳號！一個是リア垢（真實帳號），平常用來和朋友交流，其他則是裏垢（秘密帳號），用來抒發心情，說說本音（真心話）。

延伸學習 參考影片印象更深刻

·日本人最常用的社群網站是？為什麼？日本人自拍嗎？

https://www.youtube.com/watch?v=BPXRwJcqP2g

·日本人大學生了還跟爸媽一起洗澡?!

https://www.youtube.com/watch?v=K4IGBsMHeso

尋找 IG 熱門的
打卡景點

　　IG 是日本人最常用的社群網站（SNS）之一。現在日本女生流行找「インスタ映え」的地點，像是充滿粉色泡泡氣氛的場所或餐廳。不過這也形成了不好的風氣，例如為了拍冰淇淋、造型汽水等美食照而專程前往消費，拍完後就把食物丟掉，這樣真的很浪費耶！至於 Yuma 最喜歡拍攝照片並上傳 IG 的地點有哪些呢？只要加入追蹤 Yuma 的 IG 就不難知道喔。

3-02-01

**ニュースによると、最近「インスタ映え」する写真を
撮るために、スイーツとか買って、撮ったら食べずに
捨てちゃう人がいるらしいよ。**

　（新聞報導，最近很多人都是為了拍 Instagram 的照片而去買甜
點等美食，拍完後就把食物丟掉了。）

へえ〜そうなんだ。

（咦〜原來是這樣啊〜〜）

食べ物を粗末にしては良くないよ、なぁ、ゆま？

（這樣浪費食物真的很不應該，對吧 Yuma。）

**じゃあ、無駄にしないように、二人で、がんばって
完食しよう。**

（那麼，為了不要浪費，我們努力把它吃完吧！）

Yuma 愛の叮嚀

拍照的小訣竅之一，就是要排除不好看的東西（汚いものは
排除する）！例如雜物、路人、垃圾等。

猜猜看這裡是
哪裡？飲料看
起來很好喝，
對吧！

● 相關例句 關於修圖、上傳照片二三事～ MP3 3-02-02

SNS に写真を投稿する前には、必ず美肌アプリを使ってクマ
やくすみを消したり、小顔や目の大きさを修正したりするの
は朝飯前です。

（要上傳照片前，我一定會使用美圖軟體，輕鬆消除黑眼圈、黯沉，還有
修飾小臉和放大眼睛效果。）

「インスタ映え」は去年の流行語の一つになりました。

（「po 上 IG 很容易得到讚的照片」成了去年的流行語之一。）

Phono は超便利な文字入れアプリで、誰でも使えます！

（Phono 是超方便的文字編輯 APP，誰都會用！）

🚐VT 補充單字

日文漢字標示注音，外來語片假名則標示英文，方便大家加強記憶。

インスタ	Instagram	IG
インスタ グラマー	Instagramer	IG 用戶
フォロワー	follower	粉絲
インスタ映え	IG ばえ	po 上 IG 容易得到 讚的照片
インスタ映え スイーツ	IG ばえ sweets	po 上 IG 容易得到 讚的甜點

インスタ映え スポット	IG ばえ spot	po 上 IG 容易得到 讚的地點
画像加工アプリ / 美肌アプリ	がぞうかこう App / びはだ App	美圖 APP、 美肌軟體
フェイス フィルター	face filter	相片救星 （相片編修工具）
ストーリー	stories	限時動態
コメント	comment	留言
シェア	share	分享
ハート	heart	愛心
自撮り	じどり	自拍
自撮り棒 / セルカ棒	じどりぼう /self camera ぼう	自拍棒

 延伸學習 參考影片印象更深刻

 · 現代日本女生最流行的「インスタ映え」！

https://www.youtube.com/watch?v=RyCzdX65Fao

在日本邊走邊吃是不禮貌的行為？

在 Ryu 的街訪中，提到為什麼日本人不邊走邊吃的理由，通常不外乎是「失禮」「怕給別人添麻煩」，但有些情況或地點，邊走邊吃完全沒問題哦！什麼情況或地點呢？請看以下對話。

3-03-01

 歩きながら食べるって失礼ですかね？
（邊走邊吃是不是很不禮貌？）

 場所による。人が多いところだとたぶん。
（要看地方，人多的地方也許就是不禮貌。）

 どういう場所ならだめですか？
（什麼樣的地方不行？）

こういう人がいっぱいいるところだと、
ぶつかったらもしかしたらタレとかついちゃうかも
しれないから。
（像這樣人很多的地方，要是碰到，説不定醬汁會倒在別人身上。）

食べながら歩く外国人を見たら、どう思いますか？
（如果碰到邊走邊吃的外國人，會覺得怎麼樣？）

別にスルーする。
（就會無視。）

どういう場所ならいいと思いますか？
（什麼樣的地方可以邊走邊吃呢？）

観光地とかお祭りならいい。
（觀光勝地或祭典現場就可以。）

名勝、遊樂園、祭典等場合，邊走邊吃的日本人也是有的。

Ryu の學習小提醒

在電車等場所還是要避免飲食，此外，一般人對於邊走邊吃的外國人，並不會覺得很失禮，只要不給對方添麻煩（他人に迷惑をかけない）就好。
たにん めいわく

補充單字

日文漢字標示注音，外來語片假名則標示英文，方便大家加強記憶。

食べ歩き	たべあるき	邊走邊吃
歩きスマホ	あるき smart phone	邊走邊使用手機
歩きタバコ / 歩き煙草	あるき tabaco [葡] / あるきたばこ	邊走邊抽菸
マナー違反	manner いはん	不禮貌

延伸學習 參考影片印象更深刻

・在日本邊走邊吃是不禮貌的行為？

https://www.youtube.com/watch?v=_AraNon5zso

用餐禮儀

　　想必大家一定覺得很奇怪：為什麼日本人吃麵都要發出咻咻的吸麵聲呢？在 Ryu 來日本以前，我爸爸就跟我說：「在日本吃麵如果不發出咻咻聲，會被老闆罵？！」根據日本媒體調查，有種可能是「這樣吃比較好吃。」或者是「跟空氣一起吸進去，麵比較不會太燙。」結果問了 Yuma，她也不知道為什麼！

3-04-01

 麺をすすって食べるのは、おいしくなるからって本当？
（有人說發出聲音吃拉麵，會比較好吃，是真的嗎？）

 比較したことがないので、知らないけど。
（不知道，因為沒有比較過。）

 じゃあ、すすらないでみて。
（那你試著不要用吸的吃吃看。）

無理、ありえない。
（我辦不到，怎麼可能。）

Ryu の學習小提醒

並不是吸麵越大聲就表示越好吃，也要注意不要噴到旁邊的人哦！

 用餐禮儀，各國都有不同見解～ MP3 3-04-02

麺をすすって食べるのが汚いと思う日本人もいます。
（也有日本人覺得發出聲音吃麵很髒。）

韓国と正反対で、お茶碗を手に持たずに食べることは、
日本では失礼です。
（跟韓國相反，吃飯時不拿起碗，在日本是很失禮的哦。）

 補充單字

日文漢字標示注音，外來語片假名則標示英文，方便大家加強記憶。

啜る	すする	吃（吸）拉麵
マナー	manner	禮儀

 延伸學習 參考影片印象更深刻

・在日本吃拉麵吸出聲音是禮節？不然老闆會趕你出來？
https://www.youtube.com/watch?v=x272heJcsqk

日本女高中生
不能說的制服秘密

　　日本女高中生的短裙真是充滿了青春氣息啊。但是，實際上製服裙子並沒有很短 ?! 有一次在 Yuma 找出她的高中制服時，我才解開了這個疑惑！

MP3
3-05-01

ぶっちゃけ、高校生（こうこうせい）のスカートは短（みじか）いですか？
（老實說，高中生的裙子是不是很短？）

はい、遊（あそ）びに行（い）く時（とき）には捲（ま）くります。
（是的，我們去玩時，會把裙子捲起來。）

なんで休日（きゅうじつ）でも制服（せいふく）で遊（あそ）びに行（い）くんですか？
（為什麼高中生就算在假日，也要穿制服去玩呢？）

それは高校のうちにしかできないからでしょ。Twitter とかにみんな自分の制服の写真をあげたいんですよ。

（那是因為只有在高中時期才能這麼做呀。大家都很想 po 制服照在 Twitter 上。）

先生に注意されるんですか？

（老師會管嗎？）

注意されるよ。先生がいない時だけ捲るよ。

（老師會管哦。但是當老師不在時，我們就會捲短。）

Yuma 愛の叮嚀

其實女高中生的裙子標準長度是過膝的，只是女生們通常會在腰部把它捲一到三次，再把襯衫的下襬塞進去，就完美變身啦～

 相關例句 高中生活二三事～ 3-05-02

第二ボタンをください。

（請給我第二顆鈕扣。）

<ruby>学校<rt>がっこう</rt></ruby>を<ruby>選<rt>えら</rt></ruby>ぶ<ruby>際<rt>さい</rt></ruby>に、<ruby>制服<rt>せいふく</rt></ruby>が<ruby>可愛<rt>かわい</rt></ruby>い<ruby>学校<rt>がっこう</rt></ruby>で<ruby>決<rt>き</rt></ruby>める<ruby>人<rt>ひと</rt></ruby>がいます。

（有人選擇學校時，會選擇制服比較可愛的那間。）

<ruby>冠婚葬祭<rt>かんこんそうさい</rt></ruby>とか、<ruby>面接<rt>めんせつ</rt></ruby>とか、<ruby>学生服<rt>がくせいふく</rt></ruby>を<ruby>着<rt>き</rt></ruby>れば、マナー<ruby>違反<rt>いはん</rt></ruby>の<ruby>問題<rt>もんだい</rt></ruby>がありません。

（參加婚喪喜慶或面試時，只要穿學生制服就不會有失禮的問題。）

Ryu の學習小提醒

為什麼高中女生畢業時會向心儀的男生要第二顆鈕扣呢？
有人說這是因為第二顆鈕扣是最靠近「心」的地方，這個
說法好浪漫哦，你覺得呢？

補充單字

日文漢字標示注音，外來語片假名則標示英文，方便大家加強記憶。

制服	せいふく	制服
学ラン（蘭服＝洋服）	がくらん	立領學生服
ネクタイ	necktie	領帶
セーター	sweater	毛衣
ベスト	vest	背心

セーラー服	sailor ふく	水手服
体育着	たいいくぎ	體育服
ダサい	ださい	很土

 **延伸學習** 參考影片印象更深刻

· 裙很短是這麼一回事 !? 日本女高中生的制服秘密

https://www.youtube.com/watch?v=e2hqAneH5fA

· 日本高中女生的真實生活！來問問看現在最紅的 JK 兩姐妹
吧！

https://www.youtube.com/watch?v=3Uh8gsIwE8U

什麼都可以賣的
自動販賣機

　　日本的自動販賣機真是太神奇了！不但什麼都能賣，從懷舊便當、關東煮、香蕉、納豆、拉麵到生雞蛋；還有現做的爆米花和可研磨沖煮的咖啡機！而且還可以跟最新流行科技結合，連結手機 App 集點、免費換飲料！

　　到各地尋找各種獨具特色的自動販賣機，已經變成我們的生活樂趣了！

ここには三つ(みっ)の味(あじ)が楽(たの)しめるポップコーン自販機(じはんき)あるよ。

（這裡有可以品嘗到三種口味爆米花的自動販賣機呢。）

本当(ほんとう)だ。塩味(しおあじ)、甘味(かんみ)とチョコレート、どっちがいい？

（真的耶，鹹味、甜味和巧克力，選哪一個好？）

しおあじ
塩味にしよう。

（那就吃鹹味吧。）

ぜんぶ おな あじ
あれ？全部同じ味じゃない？

（什麼嘛，三種都是一樣的味道啊？）

 咖哩飯自動販賣機，夠特別了吧！

てんしゅ　　　　　　　　　　　　　　　　つた　　　じはんき
店主のユーモアセンスが伝わる自販機でした。

（這是一部可以體會到老闆幽默感的自動販賣機。）

じたく　あたた　　　　めし　あ
このカレーはご自宅で温めてお召し上がりください。

（請帶回家溫熱咖哩再享用。）

はん　すす
このカレーはご飯が進む。

（這咖哩很下飯。）

日文漢字標示注音，外來語片假名則標示英文，方便大家加強記憶。

自販機	じはんき	自動販賣機
硬貨	こうか	硬幣
紙幣	しへい	紙鈔
返却レバー	へんきゃく lever	退幣桿

ポップコーン	popcorn	爆米花
ブラック	black (coffee)	黑咖啡
ココア	cocoa	可可亞
クリーム入り	cream いり	加鮮奶油
砂糖入り	さとういり	加砂糖
ミルク入り	milk いり	加牛奶
秘伝のタレ	ひでんのたれ	秘傳的醬汁

 Ryu の學習小提醒

大家一定覺得很奇怪，要買雞蛋到超市不就好了？為什麼
會利用自動販賣機呢？那是因為這種自動販賣機通常設在
產地附近，由雞農直接供應新鮮雞蛋，也就是一種「自產
自銷」的概念，聽說一年就可以創下六百萬日圓的收益呢！

 **延伸學習** 參考影片印象更深刻

 ·尋找懷舊便當自動販賣機～這機器也太破爛了能吃嗎？

https://www.youtube.com/watch?v=LXjwhkD6A5I

·日本自動販賣機大革命！跟手機 App 連接收集點數免費換飲

料？

https://www.youtube.com/watch?v=SzX2DY7Ej8c

 ·尋找生鷄蛋的自動販賣機

https://www.youtube.com/watch?v=1Tzd31Wo2_Y

·找到了！懷舊爆米花自動販賣機

https://www.youtube.com/watch?v=ybuXiHA6YSA

日本人真的很能排隊?!

　　熱門的拉麵店、偶像活動等,總是會看到長～～長的排隊人潮,讓人不禁覺得日本人是不是都很有耐心、很守規矩呢?如果是你,好不容易找到了非吃不可的名店,卻要排上兩個小時,你願意排隊等待?還是放棄呢?

3-07-01

 すごい行列!日本人は長い時間並ぶのって平気ですか?
（好可怕的排隊人潮,日本人真的很能排隊嗎?）

 多分、せっかく来たからと思って...
（大概是覺得難得都到了⋯⋯）

 じゃあ、何時間並ぶのは限界ですか?
（那你的極限是可以排多久?）

<ruby>1<rt>いち</rt></ruby><ruby>時間<rt>じかん</rt></ruby>なら、<ruby>並<rt>なら</rt></ruby>びますよ。

（我可以排一個小時）

スイッチの<ruby>抽選販売<rt>ちゅうせんはんばい</rt></ruby>なら、<ruby>僕<rt>ぼく</rt></ruby>は<ruby>２４時間<rt>にじゅうよじかん</rt></ruby>でも
<ruby>並<rt>なら</rt></ruby>びます！

（如果是 SWITCH（任天堂的遊戲機）的抽籤販售，要我排 24
小時我也願意！）

Yuma 愛の叮嚀

有些店家會限制客人不能代表排隊，例如一個人代表
5 個人排，等時間到了 5 個人一起出現，他們會說：
「<ruby>途中合流<rt>とちゅうごうりゅう</rt></ruby>はご<ruby>遠慮<rt>えんりょ</rt></ruby>ください。」（不可以中途會合）也
就是一個人排隊，就只能進去一位。請務必注意，以免發
生不愉快的糾紛哦。

●相關例句 排隊等候時，少不了的對話～

あの<ruby>人気店<rt>にんきてん</rt></ruby>の<ruby>待<rt>ま</rt></ruby>ち<ruby>時間<rt>じかん</rt></ruby>が<ruby>長過<rt>ながす</rt></ruby>ぎて、お<ruby>腹<rt>なか</rt></ruby>が<ruby>空<rt>す</rt></ruby>いている<ruby>今<rt>いま</rt></ruby>は
<ruby>待<rt>ま</rt></ruby>てません。

（那家知名餐廳等太久了，我現在肚子餓，無法再等了。）

店内が満席なので、ウェイティングボードにお名前を記入
して順番をお待ち下さい。

（現在客滿了，請在登記板寫上大名，並依序等候。）

並んでください！

（（有人插隊時）請好好排隊！）

 補充單字

日文漢字標示注音，外來語片假名則標示英文，方便大家加強記憶。

待ち時間	まちじかん	等待時間
ウェイティングボード	waiting board	等候名單登記板
割り込む	わりこむ	插隊

 延伸學習 參考影片印象更深刻

 ·日本人真的那麼能排隊嗎？

https://www.youtube.com/watch?v=IlgiQxcEi3k

日本婚禮的用品和花費

在我們的婚禮之前，先參加了 Yuma 姊姊的婚禮當作預習，這也是 Ryu 生平第一次參加日本的婚禮呢。

MP3
3-08-01

僕は日本で初めて結婚式に参加するんだけど、
ご祝儀はいくら包んだらいいの？
（我是第一次在日本參加婚禮，賀禮要包多少才好呢？）

だいたい 3 万円が基本となるよ。
（基本上 3 萬圓起跳就可以了。）

じゃ 4 万円にすれば？
（那我們包 4 萬可以嗎？）

日本的禮金要包奇數喔！跟台灣不一樣。

一般的に奇数が良いよ。割り切れる偶数は「別れ」を
イメージさせるため、「割り切れない」奇数のほうが、
縁起が良いよ。

（一般來説包奇數比較好，因為可以切分的偶數讓人聯想到「分
離」，「分不開」的奇數比較吉利）

Yuma 愛の叮嚀

日本包紅包的習俗跟華人不同，不能包偶數，而要包奇數，

表示「分不開」的意思，最好是三萬日圓起跳，而且紅包

袋是白色的，不是紅色的哦。

在穿著方面，女生要小心不能穿露出腳趾的鞋子，也不能

是動物皮製哦。

● 相關例句 關於婚禮二三事～ MP3 3-08-02

結婚式の主役は新郎新婦ですから、派手過ぎない格好を
してください。

（婚禮的主角是新郎新娘，請勿穿著太過華麗的服飾。）

けっこんしき　いちばんかんどう　　ばめん
結婚式で一番感動の場面といえば、新郎新婦から両親への
て がみ　はなたばぞうてい
手紙や花束贈呈のシーンです。

（婚禮上最讓人感動的場面，就是新郎新娘唸信和送花給父母的一幕。）

補充單字

日文漢字標示注音，外來語片假名則標示英文，方便大家加強記憶。

結婚式	けっこんしき	結婚典禮
招待状	しょうたいじょう	喜帖
披露宴	ひろうえん	喜宴
ご祝儀袋	ごしゅうぎぶくろ	紅包
ウェディングドレス	wedding dress	婚紗
ウエディング ベール	wedding veil	頭紗
ケーキ入刀	cake にゅうとう	切蛋糕
フラワーシャワー	flower shower	灑花
クラッカー	cracker	拉炮
紙吹雪	かみふぶき	紙花
ドレス	dress	洋裝
ダークスーツ	dark suit	深色西裝
縁起が良い	えんぎがよい	吉利

延伸學習 參考影片印象更深刻

· 你準備好接收紅色炸彈了嗎？參加日本人婚禮的花費

https://www.youtube.com/watch?v=0PN4Yj4xw_4

· 第一次參加日本人的結婚典禮。感動流涕啊～

https://www.youtube.com/watch?v=qyEl2ajDlbg

尖峰時間，電車站員真的會推人?!

　　為了了解這個情況，不是上班族的 Ryu，特地在上班時段來到人擠人的東京西葛西站，來體驗這個傳說中的通勤地獄，感想是……根本是「痛」勤地獄呀～～～

3-09-01

すごい<ruby>満員<rt>まんいん</rt></ruby>ですね。<ruby>駅員<rt>えきいん</rt></ruby>さんが<ruby>渾身<rt>こんしん</rt></ruby>の<ruby>力<rt>ちから</rt></ruby>で<ruby>乗客<rt>じょうきゃく</rt></ruby>を<ruby>押<rt>お</rt></ruby>し<ruby>込<rt>こ</rt></ruby>むという<ruby>噂<rt>うわさ</rt></ruby>は<ruby>本当<rt>ほんとう</rt></ruby>だ。
（電車真的擠得不像話，原來工作人員會用力把乘客推進去。）

それは<ruby>押<rt>お</rt></ruby>し<ruby>込<rt>こ</rt></ruby>まないと、ドアが<ruby>閉<rt>しめ</rt></ruby>ることができないからだよ。
（因為不這麼做，車門就關不起來了呀。）

<ruby>次<rt>つぎ</rt></ruby>の<ruby>電車<rt>でんしゃ</rt></ruby><ruby>乗<rt>の</rt></ruby>ればいいじゃない？
（搭下一班車不就好了？）

その次の電車も満員なんだよ。

（因為下一班也是客滿的呀。）

通勤ラッシュはまさに地獄だ。

（上班擁擠時段簡直就是地獄啊！）

●**相關例句** 感受一下「痛」勤地獄實態～ 3-09-02

満員電車で吊り革すら掴めなくて、息苦しくなりました。

（在客滿的電車裡連吊環都抓不到，都快喘不過氣來了。）

電車のドアが閉まる寸前に無理矢理にでも乗り込んでくるのは危険ですね。

（在電車門快關上前一刻才硬要擠進來，太危險了。）

電車があまりにも混みすぎていて、降りることさえできなくて、結局次の駅で降りました。

（電車太過擁擠，連想下車都擠不出去，結果在下一站下車。）

満員電車内ではリュックは背負わないで、胸に抱えるほうが人に迷惑かけません。

（在客滿的電車裡，背包不要背在背後，抱在胸前比較不會給別人帶來困擾。）

 補充單字

日文漢字標示注音，外來語片假名則標示英文，方便大家加強記憶。

滿員電車	まんいんでんしゃ	客滿的電車
駅員	えきいん	車站工作人員
渾身の力	こんしんのちから	使盡吃奶的力氣
ドアに挟まれる	door にはさまれる	被車門夾住
ぎゅうぎゅう詰め	ぎゅうぎゅうづめ	擠沙丁魚
ラッシュアワー	rush hour	尖峰時段
通勤地獄	つうきんじごく	通勤地獄（上下班尖峰時段電車擠得有如地獄）
痴漢	ちかん	色狼
リュック（ーサック）	rucksack [德]	後背包

 延伸學習 參考影片印象更深刻

 ·站員真的會推人？日本的通勤滿員電車實際情況！

https://www.youtube.com/watch?v=OvKn2INjXaw

關於讓座這件事

　　之前讓不讓座這件事，好像在台灣掀起廣泛討論，一般人對日本的印象是不太會讓座，事實到底是怎麼樣呢？

3-10-01

 高齢者に席を譲るのは大切なことだと思う。
（我覺得讓位給老人是很棒的事。）

 若者が席を譲らない理由は、俺はそんな年じゃないって怒られた経験があるかららしいよ。
（有些年輕人不讓座，是因為曾讓座卻被罵：我才沒有那麼老！）

 譲るべきかどうか、中年くらいの層の方は難しいね。
（到底該不該讓座，中年人很難分辨年紀耶。）

台湾では、若者が優先席に座ったら、「若者は席を
譲るのが当然だ！」と注意されると聞いた。

（聽說台灣之前有年輕人坐了博愛座，就被警告「年輕人本來就
應該讓座！」）

 譲られるべき人が立ってて、若い人が座ってた
としても、傍で立ってる人は責めることができない。

（（在日本的話，）如果有人應該讓位卻坐著，站在旁邊的人也
不能指責他。）

●（相關例句） 聽說「讓座」這件事，台日韓各有不同的解讀～

どうぞ座ってください。

（請坐。）

よかったら、どうぞ。

（不介意的話，請坐。）

台湾では、妊婦や高齢者に席を譲るというのがごく自然です。

（在台灣，讓座給孕婦或老人是很平常的。）

優先席に座ると、すぐ「席を譲れ」って正義マンに
注意された。

（當我一坐在博愛座，馬上就被正義魔人警告要讓座。）

 補充單字

日文漢字標示注音，外來語片假名則標示英文，方便大家加強記憶。

優先席	ゆうせんせき	博愛座
席を譲る	せきをゆずる	讓座
年寄り / 高齢者	としより / こうれいしゃ	老年人
妊婦	にんぷ	孕婦
子連れのママ	こづれのママ	帶著小孩的母親
怪我した人	けがしたひと	受傷的人
正義マン	せいぎ man	正義魔人

 延伸學習 參考影片印象更深刻

 ・最近討論很兇的博愛座問題，日本是這樣的。

https://www.youtube.com/watch?v=_HxzCwGBOAE

・在日本火車讓座的日文 / 席を譲るときの日本語

https://www.youtube.com/watch?v=MEib2KLqsfQ

年度漢字

　　12 月 12 日是日本漢字能力檢定協會制定的「漢字之日」（漢字<ruby>字<rt>じ</rt></ruby>の<ruby>日<rt>ひ</rt></ruby>），每年 12 月會選出反映當年日本社會現象的漢字，由京都清水寺住持在清水寺的清水舞台用大毛筆揮毫寫下。2016 年是「金」字，2017 年是「北」字。在公布年度漢字之後的那一陣子大家見面都會互問：「你的年度漢字是什麼呢？」

MP3
3-11-01

ゆまの<ruby>今年<rt>ことし</rt></ruby>の<ruby>漢字<rt>かんじ</rt></ruby>はなんですか？
（Yuma 今年的年度漢字是什麼呢？）

<ruby>出<rt>で</rt></ruby><ruby>会<rt>あ</rt></ruby>いの "<ruby>会<rt>あい</rt></ruby>"。
（是遇見的「會」。）

どうして？
（為什麼？）

ユーチューブを始めて、いろんなユーチューバーの
人達と出会ったから。

（因為開始經營 YouTube 頻道後，認識了很多 YouTuber。）

素晴らしい。じゃあ僕のは "長い" の "長" だ。なぜか
というと、RyuuuTV の "成長" という意味もあるし、
今後 "長" く続けたいという意味もある。

（很棒，那我的年度漢字是「長」，為什麼呢？就是 RyuuuTV「成
長」，也希望今後能「長」久經營下去的意思。）

そうだね。

（也對。）

後は皆さんに "長" く愛されたい。

（還有就是希望大家會愛我們「長」長久久。）

Ryu の學習小提醒

> 2016 年是「金」，有人說是代表許多日本選手在里約奧運
> 奪金、東京知事的政治獻金問題，還有ピコ太郎的 PPAP
> 爆紅現象。2017 年是「北」，象徵「北韓」引發的不安氣
> 氛，以及九州「北部」豪雨成災，還有「北海道」馬鈴薯
> 歉收等危機。

 **相關例句** 發表「年度漢字」已成為慣例～ 🎵 **3-11-02**

漢字の日には、"今年の漢字"を発表することは、毎年の恒例
です。
（在漢字之日發表「今年的年度漢字」，是每年的慣例。）

清水寺の貫主が今年の世相を表す漢字を、和紙に大きく
揮毫しました。
（清水寺住持會在和紙上，大大地寫下代表今年的漢字。）

今年のあなたを表す漢字と言えば、なんですか？
（什麼漢字能代表今年的你呢？）

待ちに待った赤ちゃんを授かりましたので、今年の漢字は
"命"です。
（因為期待已久的寶寶誕生了，所以我的年度漢字是生命的「命」。）

補充單字

日文漢字標示注音，外來語片假名則標示英文，方便大家加強記憶。

漢字の日	かんじのひ	漢字之日
漢字検定 / 漢検	かんじけんてい / かんけん	漢字檢定
清水寺	きよみずでら	清水寺
貫主	かんじゅ	住持

和紙	わし	和紙
揮毫	きごう	揮毫
毛筆	もうひつ	毛筆
リオ五輪	Rio de Janeiro ごりん	里約奧運

延伸學習 參考影片印象更深刻

·日本的年度漢字、我們的年度漢字、你的年度漢字。

https://www.youtube.com/watch?v=gya_tP4SKPQ

京都舞妓的秘密

　　大家到日本京都遊玩時，常會有看到真正舞妓的機會，她們的一天作息為何？是不是每天都要頂著厚重的妝容？其實舞妓有別於藝妓，她們的頭髮通常是真髮，髮飾會配合時節變化，每天早上要花 30 分鐘化妝，並請專業的和服師花 10 分鐘協助著裝，接著展開一整天的傳統藝妓課程、宴會表演等忙碌行程。馬上來為大家揭開舞妓神祕的面紗。

MP3
3-12-01

どうして舞妓さんの襟足は、白い化粧の塗り残しをするの？
（為什麼舞妓的脖子上有一部分不塗白粉？）

うなじのところの形が綺麗に見えるようにこんな形にするんだよ。
（因為這樣可以配合脖子的線條，看起來更優美。）

街で舞妓さんに会ったら、写真撮ってもいい？

（在路上看到舞妓，可以拍照嗎？）

 大丈夫だけど、止まってというのは、次の座敷も
あるので、その場合は断ることもあるよ。

（拍照是無妨，但通常舞妓還有下一個行程，如果攔下舞妓要求
拍照，就會被拒絕。）

 舞妓さんになるための条件は？

（想當舞妓，要有什麼條件？）

 年齢が１５〜１８までの女性で、後は日本国籍の人
しかなれないよ。

（年紀要在 15 〜 18 歳，必須是女生，而且有日本國籍。）

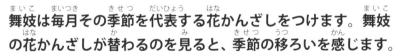

舞妓は毎月その季節を代表する花かんざしをつけます。舞妓
の花かんざしが替わるのを見ると、季節の移ろいを感じます。

（舞妓的髮簪花飾代表著不同季節。每當看到舞妓改換花色，就能感受到
季節的推移。）

舞妓さんと芸妓さんの一番わかりやすい違いは帯の長さです。舞妓さんは、5、6メートルほどの"だらりの帯"をして、芸妓さんは"お太鼓結び"をしています。

（舞妓和藝妓最明顯的差別就是腰帶的長度，舞妓的垂帶高達5~6公尺，藝妓的腰帶則是結成鼓形。）

 補充單字

日文漢字標示注音，外來語片假名則標示英文，方便大家加強記憶。

舞妓	まいこ	舞妓
裾引き	すそひき	舞妓穿的和服
簪	かんざし	髮簪
帯	おび	腰帶
だらりの帯	だらりのおび	垂帶
項	うなじ	後頸
襟足	えりあし	後頸的髮際
おこぼ	ぽっくり下駄	厚木屐

 延伸學習 參考影片印象更深刻

 · 舞妓怎樣上廁所？現場解說日本京都舞妓的秘密！
https://www.youtube.com/watch?v=14-6R2vc4SA

和服和浴衣有什麼不同？

　　日本針對外國遊客推出許多和服體驗的服務，而在賣禮品的店也常看到販賣簡單浴衣，大家都知道和服和浴衣差別在哪裡嗎？

着物と浴衣の違いはなに？

（和服和浴衣有什麼差別呢？）

着物は正装で、一年中全ての季節に着るのに対して、浴衣は簡略化した着物で、夏に着るものだよ。

（和服是正式服裝，一年四季都能穿；而浴衣就是和服的簡化版，通常在夏季穿。）

夏になると祭りとか花火大会などの行事で浴衣を着ることが多いね。

（一到夏天，常穿浴衣去參加祭典或煙火大會等。）

浴衣は素肌に着たり寝巻きにしたりするけど、着物は
そういう着方はしない。

（浴衣可以直接穿或當睡衣穿，但不會這樣穿和服。）

そして浴衣を着る時は、襦袢と足袋を履く
ことはなくて、下駄を履くの。

（還有穿浴衣時不會穿內襯衣和襪子，穿的是木屐。）

 相關例句 日本旅館通常都會準備浴衣給客人穿～

夏祭りといえば、女の子の可愛い浴衣姿です。

（説到夏日祭典，當然非女孩穿浴衣的可愛模樣莫屬了。）

浴衣は夏の風物詩です。

（浴衣最能展現夏日風情。）

 補充單字

日文漢字標示注音，外來語片假名則標示英文，方便大家加強記憶。

浴衣	ゆかた	浴衣
着物	きもの	和服
甚平	じんべい	男生浴衣
腰紐	こしひも	腰線
襦袢	じゅばん	內襯衣

下駄	げた	木屐
足袋	たび	二趾鞋襪
巾着	きんちゃく	小包包
風物詩	ふうぶつし	風景詩

 **延伸學習** 參考影片印象更深刻

 · 掀開日本浴衣的內部秘密！實況日本女生怎麼穿浴衣！
https://www.youtube.com/watch?v=lNVH20iwBVE

心靈小劇場

ツンデレ 傲嬌

一般用來形容女生口是心非、外冷內熱、嬌蠻的個性。

なんかお腹すいたね。

（總覺得肚子好餓喔！
咕嚕～～～）

ちょっとコンビニに行ってくるけど、なにか食べたいものある？

（嗯，我要去一下超商，有想要吃什麼嗎？）

へ？いいの？

（欸？可以嗎？）

別にあんたのために行くわけじゃないからね！

（沒啦，我才不是因為你才要去喔。）

PART 4

特別企畫

2:25 / 5:47

表錯情、說錯話，誤會可大了！

　　「Ryuuu TV / 學日文看日本」從 2015 年 4 月 1 日愚人節開播以來，謝謝粉絲們的支持，已突破 90 萬訂閱大關，希望很快地就能邁進百萬訂閱。

　　趁著第一本書的誕生，我們彙整了常見的日語錯誤和十大實用日語短句，以及許多台灣粉絲常問的「這句口頭禪，日語怎麼說？」關於日語學習的訣竅，光是一本書是說不完的，歡迎大家隨時收看「Ryuuu TV / 學日文看日本」，我們將不定時為大家提供實用的日語學習新知和趣味的日本文化。

有大家的支持我們才能持續努力，不斷推出好看、有趣的影片。謝謝大家的愛護，一定要繼續收看 Ryuuu TV 喔。

① どうでもいい VS. どちらでもいい

要來考考大家：「隨便，都可以」的日文怎麼說：

① どうでもいい。

② どちらでもいい。

③ ま、いいか。

答案是②你答對了嗎？

> 請看以下例句，會更清楚錯在哪裡？怎麼使用？

【情境一】 MP3 4-01-01

この夏休みは海外旅行いかない？台湾か、マレーシアかどっちがいいかなぁ？
（暑假要不要出國旅行？去台灣，還是馬來西亞？）

どうでもいいよ。（正解：どちらでもいいよ）
（都可以。【正確答案：どちらでもいいよ才對】）

（えぇ…怒ってるのかなぁ？）やっぱいいや、今回行くのをやめよう。
（（咦…他是不是在生氣呢？）果然……這次不要出國好了。）

へ？なんで？
（咦？為什麼？）

【情境二】

 胃<ruby>い<rt></rt></ruby>が痛<ruby>いた<rt></rt></ruby>い...
（胃好痛⋯⋯）

 ねぇ～ゆま、ワンピースとピカチュウ、どっちが見<ruby>み<rt></rt></ruby>たい？
（Yuma，你想看皮卡丘還是海賊王？）

 そんなのどうでもいいよ、今苦<ruby>いまくる<rt></rt></ruby>しんでるのがわからないの？
（現在沒有那個心情啦，你沒看到我身體不舒服嗎？）

 Yuma 愛の叮嚀

「どちらでもいい」也可以說「なんでもいい」
「どうでもいい」是「無聊、不想理你」的意思，有時候
也可以有「それどころじゃない」的意思，表示「現在不
是說 / 做那件事的時候」。

②物足_{もの た}りない VS. 足_たりない

足_たりない＝具體知道什麼東西不足

物足_{もの た}りない＝不知道什麼東西不足，總覺得少了什麼

🌸 請看以下例句，就會清楚知道怎麼使用。

【情境一】 4-01-02

ただいま。疲_{つか}れたね〜
（我回來了，好累哦。）

お帰_{かえ}り。じゃあ、先_{さき}にご飯_{はん}にする？それともお風呂_{ふ ろ}に
する？それとも私_{わたし}にする？
（你回來了。那你要先吃飯、洗澡，還是先和我……？）

なんかそれ物足_{もの た}りないなぁ。
（嗯……總覺得哪裡不夠啊。）

どこが物足_{もの た}りないのよ？
（哪裡不夠？）

いや、それはうまく説明_{せつめい}できないけど。
（嗯，我也不知道怎麼說明。）

じゃあなたがやってみてよ。
（那你來示範。）

【情境二】

 今日の夜ご飯、私がおごるよ。
（今天我請你吃晚飯。）

 えぇ〜じゃあ、お言葉に甘えて。
（哇〜那我就恭敬不如從命了。）

 あれ？手持ちのお金が足りない、どうしよう？
（哎呀，我帶的錢不夠付帳單耶！怎麼辦才好？）

 …わかった。しょうがないなぁ。
（……好吧，真拿你沒辦法。）

③昔 VS. 前
<small>むかし　　　　まえ</small>

學日文時，我們很早就學到「昔」（以前）這個字，並直覺地
用來說「以前的女友」「以前我……」，但其實這樣很容易引
起誤會，正確的用法是「前」才對。

請看以下例句，就會清楚知道怎麼使用。 4-01-03

 昔の携帯が見つからないんだけど。
<small>むかし　けいたい　　み</small>

（我找不到以前的手機。）

 昔？いつの話し？そんな昔のやつ、見つからない
<small>むかし　　　　はな　　　　　　　　むかし　　　　　　　み</small>
のは当然でしょ。
<small>とうぜん</small>

（很久以前？什麼時候的啊？那麼久以前的手機當然找不到
啊。）

 何を言ってるの？先週 まで使ってたやつだよ。
<small>なに　い　　　　　　せんしゅう　　つか</small>

（你在説什麼啊？我到上週還在用那支手機啊。）

 あぁ、昔じゃなくて、前の携帯でしょ。
<small>むかし　　　　　　まえ　けいたい</small>

（啊，不是「昔」，是「前」才對吧？）

 Yuma 愛の叮嚀

「昔」通常是用在說故事的開頭，時間點約在二、三十年前。
<small>むかし</small>

④見<small>み</small>える VS. 見<small>み</small>られる  MP3 4-01-04

見<small>み</small>える和見<small>み</small>られる這兩個單字翻成中文是「看得見」和「能看見」，似乎意思相近，但到底有什麼不同呢？

> 🌸 見える（看得見）是指客觀條件，不是刻意想看也看得見，例如：

①新幹線<small>しんかんせん</small>から、富士山<small>ふじさん</small>が見<small>み</small>える。

（從新幹線看得見富士山。）

②目<small>め</small>が悪<small>わる</small>くて、黒板<small>こくばん</small>の字<small>じ</small>がよく見<small>み</small>えない。

（眼睛不好，黑板的字看不太清楚。）

> 🌸 見られる（能看見）則是主觀意識，符合某些條件就能看見，例如：

①静岡県<small>しずおかけん</small>に行<small>い</small>ったら、富士山<small>ふじさん</small>が見<small>み</small>られる。

（去靜岡縣就能看見富士山。）

②外国<small>がいこく</small>へ行<small>い</small>くと、その土地<small>とち</small>の珍<small>めずら</small>しい習慣<small>しゅうかん</small>が見<small>み</small>られる。

（去外國的話，就能看見當地的稀有習俗。）

Yuma 愛の叮嚀

若未特別說明，而在同一句型裡用了不同的動詞時，例如：
「ここから夕日<small>ゆうひ</small>が見<small>み</small>える。」（從這裡看得見夕陽。）
「ここから夕日<small>ゆうひ</small>が見<small>み</small>られる。」（從這裡能看見夕陽。）
第二句可能是指開了很久的車，終於抵達能看夕陽的地點。

聞ける VS. 聞こえる

聞ける和聞こえる這兩個單字翻成中文是「能聽見」和「聽得見」，似乎意思相近，但到底有什麼不同呢？

聞ける（能聽見）是指主觀意識，符合某些條件就能看見，例如：

①夜、耳を壁につけると隣の人のいびきが
聞けるぞ！

（晚上，只要把耳朵靠在牆壁就能聽見鄰居的打呼聲喔！）

②スマホがあれば、聞きたい時にすぐ音楽が
聞けます。

（只要你有智慧型手機，想聽歌的時候隨時都能聽。）

聞こえる（聽得見）則是客觀條件，不是刻意想聽也聽得見，例如：

①夜になると、隣の人のいびきが聞こえる。
うるさい！

（一到晚上，就會聽得見隔壁的打呼聲、吵死了。）

②高速道路から聞こえる騒音で集中して勉強が
できない。

（因為聽得見高速公路傳來的噪音，不能專心學習。）

⑤ 中文直譯

會中文的人，常常把漢字直譯，但往往會弄錯意思，讓日本人一頭霧水哦！

吃藥。日本人吃藥是用「喝」的哦！

❌ 薬を食べる

✅ 薬を飲む

食物壞掉了，不是「壊れる」，是「腐る」

❌ 食べものが壊れた

✅ 食べものが腐った

「ブサイク」是形容一個人的長相醜，若是用來形容衣服不好看時，就不能用「ブサイク」

❌ ブサイク

✅ だうさい

用來形容一個人大嘴巴、守不住秘密時，不能說「口がでかい」

 口がでかい

 ✗口がでかい ✓口が軽い

日文裡的「鬼」，是桃太郎要去討伐的怪物，
而「お化け」才是我們想像中的貞子

✗鬼 ✓お化け

 **延伸學習** 參考影片印象更深刻

 ・從今天起不要再犯錯！日語「どうでもいい」的用法！
https://www.youtube.com/watch?v=IjBjE4t8b_U

・「物足りない」VS「足りない」有什麼不一樣？
https://www.youtube.com/watch?v=QDAHrmE-QzY

 ・日文會話【第 27 集】以前≠昔 !? 別再搞錯咯
https://www.youtube.com/watch?v=HmhRapmavb8

・「見られる VS 見える」教你怎麼簡單區別 !?
https://www.youtube.com/watch?v=xLD-XN_XZ3U

 ・留學生常搞錯的日文 #1 / 薬を食べる・食べものが壊れた・
鬼
https://www.youtube.com/watch?v=K3rfx-nsGnU

・留學生常搞錯的日文 #2 / ブサイク・口でかい
https://www.youtube.com/watch?v=kmM5ZWYqskQ

① ちんぷんかんぷん 🎵 4-02-01

完全不懂

聽說這個字可能是從「聽不懂、看不懂」來的，唸快一點的話，
還真的很像呢！

 あ〜あ、英語が難しくてちんぷんかんぷんだわ〜
（啊〜英文太難了，完全不懂啊〜）

 英語がなに？
（你説英文怎麼樣？）

 **英語が難しくてちんぷんかんぷんなの。
勉強しないとなぁ。**
（我説英文太難了，完全不懂，再不學習就完蛋了。）

 英語がわからなくて、ちんちんかんぷんでしょ？
（你是説英文太難了，#@%# 對吧？）

 は？
（蛤？）

② 最初で最後 MP3 4-02-02

是第一次，也是最後一次

常聽到人家說：「這是我第一次，也是最後一次的請求。」但
可不要亂用喲！

 ゆま、俺たち、付き合ってもう何年も経った。

（Yuma，我們交往也好多年了。）

ゆまと一緒にいる時、毎日とても幸せで、夢みたいだよ。

（跟 Yuma 在一起，每天都好幸福，就像做夢一樣。）

ゆまは俺の最初で最後の女にしたい！

（希望你能成為我第一個，也是最後一個女人！）

 ん？最後かもしれないけど、最初じゃないでしょ。

（咦？我也許是你的最後一個，但絕對不是第一個吧？）

 え？

（啊？）

 **勉強した日本語を使いたいからっていっても、
嘘はダメでしょ。**

（就算你想應用學到的日文，也不能說謊吧？）

③ ぶっちゃけ MP3 4-02-03

老實說

這是年輕人的慣用語，從「打ち明ける」（吐露）轉化而來，
跟「正直」很相似，不過通常用在跟對方預期相反、會得罪人
的時候！

 ぶっちゃけさ、俺、浮気したことある。
（老實説，我曾經外遇過。）

 ぶっちゃけさ、リュウのファッション、ないよね。
（老實説，Ryu 穿衣服沒什麼品味耶。）

 **ぶっちゃけさ、明日のイベント、行きたくないんだ
よね。**
（老實説，我不想參加明天的活動。）

 ぶっちゃけさ、あの子が嫌いだよ。
（老實説，我討厭那個人。）

④ だって〜だもん 4-02-04

因為人家〜嘛

這是女生和小孩在撒嬌或找藉口時最常用的句型，若是再配上一個嘟嘴的表情就更萌了。不過男生千萬別用，不然就會很噁心囉 XDDD

 だって、電車が遅れたんだもん。
（因為電車誤點了嘛。）

 だって、一番好きだもん。
（因為人家最喜歡你了。）

 だって、体調が悪いもん。
（因為人家不舒服嘛。）

 だって、あなたがいないと、寂しいもん。
（因為你不在，人家寂寞嘛。）

 だって、面白いもん。
（人家覺得好玩嘛。）

⑤ 信<ruby>じ<rt>しん</rt></ruby>じらんない MP3 4-02-05

簡直不敢相信，難以置信

「信<ruby>じ<rt>しん</rt></ruby>じらんない」是「信<ruby>じ<rt>しん</rt></ruby>じられない」的口語形。

 うわぁ、リュウがこんなに<ruby>太<rt>ふと</rt></ruby>ったなんて、
信<ruby>じ<rt>しん</rt></ruby>じらんない。

（哇，Ryu 竟然胖了那麼多，真不敢相信。）

 こんなに<ruby>美味<rt>おい</rt></ruby>しいお<ruby>菓子<rt>かし</rt></ruby>があるなんて、
信<ruby>じ<rt>しん</rt></ruby>じらんない。

（竟然有這麼好吃的點心，真不敢相信。）

⑥ イマイチ
MP3 4-02-06

不太～，不是那麼滿意

搭配上「なんか」，語氣會比較曖昧，更像日本人的口氣哦。
跟「あまり」一樣，後面接動詞時都是否定形哦。

 やっぱイマイチだね。
（果然還是不怎麼樣。）

 この料理、なんかイマイチだよね。
りょうり
（這道菜，不怎麼樣吧。）

 昨日見た映画、なんかイマイチだったね。
きのう み えいが
（昨天看的電影，不怎麼好看。）

 iPhone の使い方、イマイチ分からない。
つか かた わ
（不太清楚 iPhone 是怎麼用的。）

 昨日勉強した日本語、イマイチ覚えてない。
きのうべんきょう にほんご おぼ
（昨天學過的日文，還記不太起來。）

 実は私、彼氏のこと、イマイチ好きじゃない。
じつ わたし かれし す
（說實話，我沒有很喜歡現在的男朋友。）

⑦ ピンとこない MP3 4-02-07

在直覺上缺乏決定性，不是很滿意

「ピンとこない」是「ピンとくる」（靈光一閃）的反義詞。
前面加上「なんか」「イマイチ」或「なかなか」，語氣會更
完整哦。

けっきょく
結局のところ、なんかピンとこないね。
（在結尾的部分，總覺得沒有很懂。）

なんかピンとこない。
（總覺得沒有很滿意。）

み あ　　　　　にじゅっかい
お見合いを 20 回してもピンとこない。
（我相親了 20 次也找不到有感覺的。）

このアイディア、なんかピンとこないなぁ。
（我對那個點子，總覺得不滿意。）

⑧訳が分からない 4-02-08

無法理解，莫名其妙

「訳」是原因、理由的意思。

**部長さ、言うことすぐ変わって、本当
訳が分からない。**

（部長説的話總是一夕數變，真是搞不懂他。）

訳が分からない夢を見て、気持ち悪いなぁ。

（做了莫名其妙的夢，感覺很不舒服。）

訳が分からないものばっかり買って、

どういうつもり？

（你光買這些莫名其妙的東西，到底想做什麼？）

あの映画、訳が分からないけど、面白いよ。

（雖然不太明白那部電影想要表達什麼，不過挺有趣的。）

⑨待ちに待った～ 🎵 4-02-09

等待已久的～

類似的「待ち遠しい」則是迫不及待的意思。

 今日は待ちに待ったデートだ。
（今天是盼望已久的約會。）

 待ちに待った娘の成人式。
（期待已久的女兒成人式。）

 待ちに待った iPhone の発売日。
（等待已久的 iPhone 發售日。）

 明日は待ちに待った給料日！何を買いますか？
（明天終於要領薪水了，該買什麼好呢？）

来週いよいよ待ちに待った AKB48（エーケービーフォーティーエイト）握手会！
（AKB48 的握手會終於要在下週登場了！）

⑩うまくいってる？ MP3 4-02-10

還順利嗎？

這句是跟比較親近的人使用，不適合對長輩說哦。

 彼氏とうまくいってる？
（和男友最近交往還順利嗎？）

 仕事は、うまくいってる？
（工作還順利嗎？）

 最近、うまくいってる？
（最近一切還順利嗎？）

 留学の準備、うまくいってる？
（留學準備得還順利嗎？）

 ·「ちんぷんかんぷん」日文會話常用短句 #1
https://www.youtube.com/watch?v=UdAXEYTkI60

·「最初で最後」日文會話常用短句 #2
https://www.youtube.com/watch?v=lH-zPygPPk4

 ·「ぶっちゃけ」日文會話常用短句 #6
https://www.youtube.com/watch?v=FMxeDZVDe5c

· 中文「因為人家～嘛～」日文怎麼說 / だって～だもん
https://www.youtube.com/watch?v=YLr0T9RK4Yg

 ·「信じらんない」日文會話常用短句 #7
https://www.youtube.com/watch?v=f8Sc1Rh-NGc

·「イマイチ」日文會話常用短句 #10
https://www.youtube.com/watch?v=xHpbc_DkYW4

 ·「ピンとこない」日文會話常用短句 #13
https://www.youtube.com/watch?v=pjUBr9qnsjM

· 「わけがわからない」日文會話常用短句 #8
https://www.youtube.com/watch?v=_2Rhop-_6JQ

· 「待ちに待った○○」日文會話常用短句 #12
https://www.youtube.com/watch?v=gehoxZEbm-Q

· 「うまくいってる？」日文會話常用短句 #14
https://www.youtube.com/watch?v=L24uZP-0CgI

連連看，你猜對了幾個？（答案就在影片中。請掃描下頁影片 QR Code 參考。）

有事嗎	何^{なん}なの！
誇張耶	まじで？！
超瞎	超^{ちょう}うざい！
你想怎樣	大^{おお}げさな／ありえない
怎麼可能	なに
傻眼	頭^{あたま}大丈夫^{だいじょうぶ}？
真的假的	ドン引き！
真的	だよね／それな！
是不是	ほんとう
幹嘛	ありえない

台灣人的 10 大口頭禪，日文怎麼講？＃ 17 / 台灣人の口癖
を日本語でいうと

https://www.youtube.com/watch?v=MS2nkTMD_rA

www.booklife.com.tw   reader@mail.eurasian.com.tw

Happy Language　156

跟著RyuuuTV學日文看日本 ——

Ryu & Yuma的日語生活實境秀（附MP3）

作　　者／Ryu & Yuma
協 助 方／BREAKER株式会社：Ryu・Yuma・長岡賢二・周瑾瑜・浅野勇樹・譚雅
繪　　者／子葉・蠍
發 行 人／簡志忠
出 版 者／如何出版社有限公司
地　　址／台北市南京東路四段50號6樓之1
電　　話／（02）2579-6600・2579-8800・2570-3939
傳　　真／（02）2579-0338・2577-3220・2570-3636
總 編 輯／陳秋月
主　　編／柳怡如
專案企劃／賴真真
責任編輯／張雅慧
校　　對／Ryu・Yuma・長岡賢二・柳怡如・張雅慧
美術編輯／李家宜
行銷企畫／張鳳儀・曾宜婷
印務統籌／劉鳳剛・高榮祥
監　　印／高榮祥
排　　版／陳采淇
經 銷 商／叩應股份有限公司
郵撥帳號／18707239
法律顧問／圓神出版事業機構法律顧問　蕭雄淋律師
印　　刷／龍岡數位文化股份有限公司
2018年3月　初版
2021年5月　9刷

定價 370 元　　　　ISBN 978-986-136-504-6

受到大家的支持，

我們會用更謹慎的心情來製作影片，

未來希望能在台灣、香港、馬來西亞等地舉辦類似祭典的活動，

跟世界各地的觀眾朋友近距離交流！

—— 《跟著RyuuuTV學日文看日本》

◆ **很喜歡這本書，很想要分享**

圓神書活網線上提供團購優惠，

或洽讀者服務部 02-2579-6600。

◆ **美好生活的提案家，期待為您服務**

圓神書活網 www.Booklife.com.tw

非會員歡迎體驗優惠，會員獨享累計福利！

國家圖書館出版品預行編目資料

跟著RyuuuTV學日文看日本 —— Ryu & Yuma的日語生活實境秀／Ryu & Yuma
作. -- 初版. -- 臺北市：如何，2018.03
192 面 ； 14.8 x 20.8 公分. --（Happy language；156）
ISBN 978-986-136-504-6（平裝）

1.日語 2.會話 3.語法

803.188　　　　　　　　　　　　　　　　　　106025418